阅 读 即 行 动

软绵绵的心

再也回不去了

アカシア・からたち・麦畑

Yoko Sano

[日]佐野洋子 著
王之光 译

北京联合出版公司

目录

养女	1
推子	5
防空洞	8
俄罗斯壁炉	11
喉咙	16
钉子	20
麦田	24
雨衣	28
百日菊	32
川	37
猫	41
脱肠	47

姐姐	54
烟花	59
电影	63
偷东西	66
哗叽	69
海	72
枳树	77
菜刀	80
「佐野」	84
脚	87
书	91
名字	94

性	96
杂技团	99
秀才	106
热情	110
弟弟	114
「爱之梦」	117
老师	120
神田川	126
朋友	129
女子宿舍	133
热狗面包	136
妹妹	142

咖啡馆	145
咖啡	149
澡堂	153
鬼	156
手指	160
不幸	165
吉特巴	169
帽子	173
后记	177
文库版后记	184

养女

我小时候是在北京长大的。在土墙围起的四方院子里,每天只能和哥哥一起玩。倒也没什么缺憾。

邻居家收养了一个女孩。除了哥哥,我从没见过什么小孩,可是却知道永惠美得不一般。乌黑亮泽的头发剪成娃娃头,白皙的皮肤、轮廓好看的尖下巴,笑起来时总像嘟嘟着小嘴似的。要不是她长得这么可爱,就不会被收养。我始终觉得,永惠是被精挑细选出来的孩子。

邻居阿姨会弹三味线。永惠没来之前,弹三味线阿姨的身旁是只猫。

我和永惠在院子里玩过家家:和泥做丸子,

在树叶上撒满松针和牡丹花瓣。这时,邻居阿姨过来叫永惠回家练唱。永惠一脸不情愿地默默起身回去。我跟在永惠后面,蹲在她家院子里,一直看她们母女俩和着三味线发出奇怪的声音。不只声音怪,唱词也让人听不懂。总之,那歌很可怕。

永惠斜瞟了一眼阿姨来回扫弦的手,阿姨立即扔掉拨子,呵斥道:"看!看着谁都能唱!"好像是不能看的。拨子飞出去的瞬间,永惠的眼睛立即泛起了泪光。然后,她赶紧背过脸去了。

拨子被扔出去时,我吓得胸口咯噔一跳,但是看着拨子猛地飞出去,又觉得很满足。

我每天跟着被叫走的永惠回家,蹲在院子里看邻居阿姨和她。

一天,阿姨起身走过来,说:"洋子,别在这儿看了。永惠会分心的。"我永远忘不了永惠求助似的眼神。永惠不喜欢唱曲吧。在我看来,她那么可爱,只有可爱的孩子才能和着三味线唱曲,自己跟这种事完全不沾边。我一直以为,可能永惠心里也觉得唱曲这事儿是高人一等的。永惠发出轻柔、稳重、好听的声音,真的很美,很有女人味。

我时常看见永惠闹脾气,不由得觉得,闹脾气是很成熟、很高级的行为。

在永惠没来邻居家之前,我从来没有想过自己可爱不可爱这回事。作为在哥哥之后到来的女孩,我得到了父亲对女儿的精心对待,帽子、鞋子都是他亲自添置。我觉得镶花的粉色帽子太美了,特别满足;我还得到过装饰着兔毛的蓝色天鹅绒靴,特别开心。

我俩一起玩时,客人看见永惠就会说:"真可爱哪!"永惠是美得让人忍不住夸的孩子。

母亲和邻居阿姨用黑毛线混上红丝线为我俩织了一模一样的紧身裤。等好不容易织好了,我俩穿上并排一站,虽然只是穿在腰以下的位置,一样的颜色,一样的裤型,却只有永惠穿着才好看。

我一个人玩时,客人来了,说:"洋子真可爱。"我说:"不,邻居家的永惠才可爱。"我打心眼里这么觉得。那时我四岁。

五岁那年冬天,我搬去大连。临走的前一天傍晚,我去找永惠说再见。

永惠向我炫耀她的新木屐,漆面的,缀着红色天鹅绒的木屐带。我也好想要那样的木屐啊,我怀着渴望回家了。

两年后,我们在大连听说永惠死了。母亲很兴奋。

"都说漂亮小孩儿死得早,果真哟。"她说。

那时我想,自己应该不会死。

推子

大连是个时髦的地方,有很多时髦的小孩。街上的槐花香得呛人。

明亮的客厅里,父亲在榻榻米上铺好报纸,让我坐下,然后从一个小木箱里拿出剪刀和推子。一块白布从脖子盖到膝盖,我一动不敢动。

父亲先从耳朵一侧咔嚓咔嚓剪过去,再咔嚓咔嚓剪另一侧。接着,他稍稍离远些看看,说:"这边有点儿长哪。"又在耳侧咔嚓咔嚓剪起来。"这次这边又长了。"他似乎对左右一般齐这事有着狂热的执着。

我伸手轻轻摸了摸头发。头发悬在耳朵上方两厘米处,和前刘海一样短了。父亲掸开我的手,开始剪应该剪齐的刘海。接着,用推子修整后面,一直推到耳朵上方。推子一过,头发和耳朵间有了空隙。父亲扫净我鼻子上和脖子间的碎发,撤掉了围布。

我望着镜中陌生、怪异的自己。内心深处仿佛响起汽笛声。我在屋里打滚哭闹。父亲看着我,怯怯地笑着,"是不是剪过了",似乎自己也承认剪得太短了。

我没有工夫怨他。再怨也不可能让这么可怕的发型复原了。我只是肝肠寸断地哭啊哭。

第二天早晨,林荫道间洁白的槐花漫落如雪,头顶被帽子盖得严严实实的我慢吞吞地穿过飞花去上学。

我永远忘不了同学们看见我时的奇怪反应。我原以为他们会嘲弄我,笑话我,欺负我,结果他们看见摘掉帽子的我,竟是鸦雀无声。眼睛眨都不眨地盯着我看。

这时,有个女孩走到我身旁,拉起我的手

说:"佐野你好可爱呀。"这个不起眼的女孩平时从来没有跟我说过话。可是,这种明显的谎话还是救了我,然后也伤害了我。

那是小学一年级的六月。至今我都觉得惊讶,有些小孩居然在那么小的年纪就具备了成熟女人才有的体恤。我连她长什么样儿都想不起来了。

防空洞

昭和二十年,我上小学一年级。

红砖学校的入口处有棵高大的合欢树,开满柔软的合欢花。浓雾弥漫的清晨,校舍变得很朦胧,走着走着,有时依然能远远望见四方的红砖校舍。

一天,老师要求我们拿上所有东西,立刻离开教室。楼梯转角处,从下而上的中国小学生和我们擦肩而过。

不能上学了,我们也并不觉得寂寞、难过,每天只顾着玩。唯一让我觉得遗憾的是,那条叠成五角形的红白色新钵卷①被我忘在书桌里了。

阿正是谁家的孩子呢?好像住在隔壁,又好像住在我家后面。在我眼里,小学六年级的阿正已经是个像模像样的大人了。他是这一带的孩子王,率领着一大帮小孩,各种发号施令。阿正一对我下命令,我就觉得难为情,紧张得不行。

一天,我去后院,发现大家正围着阿正。空气里流动着严肃又下流的气息。

大家轮流跟阿正走进防空洞里。每个人都声称自己知道一个特别的秘密,有的人很长时间都没有出来,也有的才进去就出来了。

每个人出来时表情都十分严肃,可是脸上

---

① 日本的一种扎头带,通常由白布或红布制成,有固定的尺寸:120 cm×5 cm。一般在日本小学的体育课或运动会上使用。

又粘着浓密的淫荡感。我多想和阿正一起进去啊,可是我根本不知道什么厉害的事。阿正也不会把我这种小矮个儿放在眼里。

"我知道!"我高声表现自己。防空洞里漆黑一片,冷飕飕的,还有一股霉味儿。我扶着阿正的肩,凑到他脸前时,闻到了他身上的味道。酸酸的土腥气从他的脖间飘了过来。我仿佛呼一下丧失了知觉,想永远停留在此刻。

我下定决心,把自己唯一知道的东西送到阿正的耳边。"オマンコ"①我缓缓说了出来,又害臊,又忐忑,不知道这么短的词能不能取悦阿正。要是自己还知道更厉害的事,就能一直和阿正待在这片黑暗里了。

转眼我就出来了。外面亮得刺眼,明晃晃的,仿佛落积了万千金属碎屑。我再也没有拥有过那般甘美、淫靡的时刻,直到现在。

---

① 女阴的俗称。

俄罗斯壁炉

停战后,父亲没了工作,每天蹲在俄罗斯壁炉前烧火。

我们所说的俄罗斯壁炉有一根巨大乌黑的烟囱,杵在屋子中央,从地板直通屋顶,分别为三个房间供暖。壁炉的耗煤量惊人,战后煤也特别短缺吧,所以什么都往壁炉里扔。纸屑、花生壳、穿不了的鞋、打死的老鼠、父亲书架上的书……烧得最旺的是唱片。唱片柔韧地扭动着身体,燃起蓝色的火焰。

父亲倚着壁炉,为我们读书。我贴在父亲身上,弟弟坐在他的膝头,对面的哥哥探过头来瞅书。

父亲读书的方式有些奇怪。一读到故事的最后一段便突然拉高声调,我觉得很像老头儿。他还时不时地擤鼻涕,用完的纸放在壁炉上的方形凹槽中。擤鼻涕纸很快就干了,揭下来鼻涕,再哗啦啦展开继续用。父亲的尖鼻头上一旦积满鼻涕,我就赶紧拿纸递给他。父亲并不会中断正读的故事,哼一声擤擤鼻子,把纸递给我,我再赶紧放回凹槽里。

我六岁时第一次知道了安徒生。虽然父亲也给我讲过格林童话和《小公主》,可是《海的女儿》很特别。《海的女儿》是个美丽的故事。在我看来,《海的女儿》是肉体的疼痛。

故事从美丽的绛紫色的大海开始,那片海太美了,已经让我预感到了后面的悲情命运。六岁的我,为什么会预感到悲情的命运呢?小小的人鱼公主一出现,悲情又浓了一层。她去找巫婆时,我在心里祈求:"不能去,不能去",却没能拦住她。

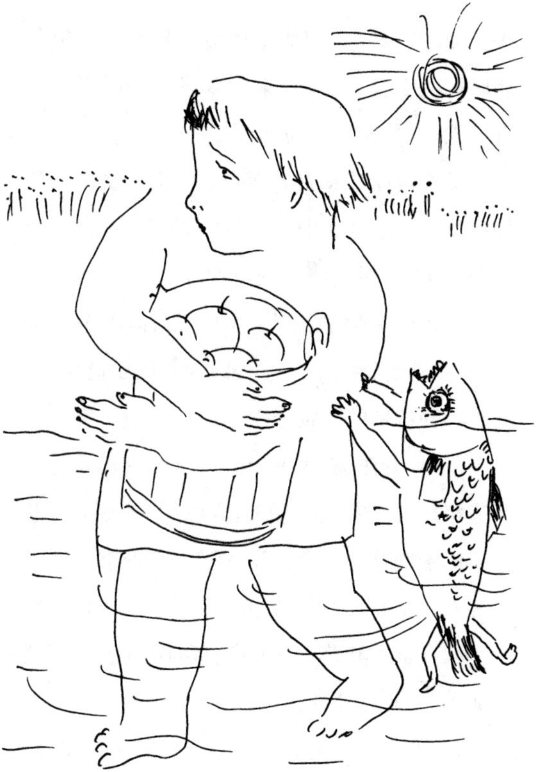

别割舌,别割舌,我忍受不了那种疼痛。失去美丽的声音、深切地希望能得到与这种牺牲相匹配的幸福、抬起纤柔的双脚起舞时痛彻全身的人,不是人鱼公主,是我。

父亲边读边擤鼻涕,时不时还去壁炉那边烧唱片。故事屡次中断,喝高粱粥时,我也在想人鱼公主,一想,疼痛就遍布全身。

人鱼公主化为泡沫,从明亮的海上消失的时候,我感觉特别饿。不是因为只喝了高粱粥,而是一种特别的空腹感。

华丽、哀伤、美丽至极的人鱼公主也许是正当盛年却失业的父亲在无物可烧的贫冬里能够给予饥肠辘辘的几个孩子的唯一东西吧。他一边等着外出将和服卖给俄罗斯人或中国人、然后买回高粱的妻子,一边流着鼻涕给孩子们读安徒生,除此之外,大概也无计可施吧。

长大后的我还是会时不时读起《海的女儿》。因为想再感受一次六岁时感受到的疼痛。

可是,我深深明白,自己永远不是六岁了。

　　我真的想再感受一次六岁时的疼痛吗?一想起烧了无数唱片,坐在乌黑的俄罗斯壁炉旁流着鼻涕为饥肠辘辘的孩子读安徒生故事的父亲,便另有一种疼,贯穿周身。《海的女儿》,真疼。

喉咙

知道《红蜡烛与美人鱼》这个童话是几岁呢,不记得了。我既不知道小川未明的名字,也不知道这个故事叫《红蜡烛与美人鱼》。

美丽的人鱼被赶走,将蜡烛涂成赤红色,只有这个情节恐怖、悲恸、深切地留在印象里。至于她为什么来老爷爷和老奶奶家,已经记不清了。

美人鱼的母亲来看她那段,也很模糊了。悲怆的音乐从远处隐约响起,突然间鲜明的音色变得激昂,转而又渐远渐消——我只留下了这种感受。

这里我读了许多遍。又或者从未读过。

我的《红蜡烛与美人鱼》里只有将白色蜡烛涂成红色的美人鱼。唯有她,忘不掉。

我想起书里还夹着一张画。初山滋画的。美人鱼纤细的指尖上染着一抹淡淡的红。

凉滑的纸上,淡红色的纤细指尖分外动人。纤细的喉咙,烟雾般的头发,美人鱼穿着和服,身体却通透可见。

美人鱼通体透明,仿佛消溶在冰凉的蓝色里。身体全无重量,淡红色的纤纤指尖比水还凉。

一天,我盯着画凝视了许久许久。

我在看她白皙纤细的喉咙。不知为什么,目光的焦点微微模糊,她的喉咙微微动了一下。喉间隐隐有呼吸。美人鱼活着。我盯的明明只是喉咙,却觉得美人鱼颤抖似的动了动手。

我瞪大眼睛再看,又是那幅熟悉的美丽画面了。我相信,她活着。此后时常试着让美人鱼恢复呼吸。

为了美人鱼一瞬间的复活,我努力集中精神,一心沉浸在这件事上。屡屡失败,可还是专注其中,拼命想挽回人鱼烛焰般飘摇的生命。等白皙的喉咙微微泛波,美人鱼透明般的身体微微一动,我已经疲惫不堪。而且我确信,美人鱼一天只能活过来一次。

为了完成这件神秘的事,我一次次拽出这本书,折腾了多久呢?一年,还是一个月?一天,我发觉无论怎么尝试,美人鱼都不动了。瞪大眼睛,是那幅美丽的画。眯起眼睛,也只是美丽的画晕染开了而已。

那时,我知道自己不再是个真正的孩子了。小学二年级的冬天,我丢下那本书,重新回到日本。

许多年过去了。上高中后,我读到了新出版的小川未明全集。在书里再次与《红蜡烛与美人鱼》相遇了。

仍旧是初山滋画的美丽插画。我不知道它

和丢在中国的那本书里的插画是不是同一幅画。似乎一样,又似乎不一样。

　　画真真切切在我眼前,可是遥远记忆中的美人鱼,远比它鲜艳,那才是我熟悉的美人鱼。

钉子

在战后不讲究卫生的年代里,我尤其是个谈不上讲卫生的孩子。

我什么都吃。把报纸撕碎了吃。当天的报纸和旧报纸味道不一样。我还能吃出空白区和印字区的差别。

用牙嚼钉子。我知道闪着钝光的钉子和生锈的钉子味道不一样。

把玻璃珠也滚进嘴里,用后槽牙嚼。黄色玻璃珠与蓝色玻璃珠在口中的凉意略有不同。

扁弹珠也吃。扁扁的,又有锯齿纹,所以扁弹珠有扁弹珠的味道。断了半边的扁弹珠,吃的时候要小心,容易划伤舌头。

我还吃被子，嚼被罩。被罩是白色棉线微脏的味道，用上下犬齿咬蹭，便会咬开一个个小洞。被罩卷起来了，我就吃被子角。被角里塞满彩色的人造丝线。人造丝线在嘴里黏糊糊地散开，又被我吐出来。我讨厌吃毛线。毛线化不开，刺刺挠挠地变成一根根小针，在嘴里蔓延。吃毛线要是不漱口，简直受不了。明明如此，我还是忍不住在上课的时候吃毛衣上脱线的线头。

我甚至喜欢咬铅笔上印着 HB 的地方，还哗啦啦剥掉蜻蜓铅笔上的绿色涂料，啃里面的木头。我连铅芯都吃。

还嚼尺子。尺子是竹子的味道。红色的赛璐珞垫板，角上有一些发白的锯齿，狠下心一嚼，赛璐珞开始发热，口中有股燃烧的味道。

我甚至啃收音机的角。甚至还咬学校的书桌，尽管被发现后会招来一顿呵斥。

移动暖炉上搭着被子，我张大嘴啃里面的木杠。在煤球的烘烤下，木杠被熏成狐色，舔一下,很热,几乎能把人烫伤,可它是长崎蛋糕的味道。

去河里游泳,就吃石头。吃一切草叶。

野地里,有些酸酸的茎叶真的能吃。新抽的茅草芯里裹着一根细白的软絮。拔出柔软的麦穗,茎尖几近透明,闪着嫩绿色的光,三毫米处真的很好吃。

撕开映山红的花瓣,可以吸蜜。里面没多少蜜,所以我就吃花。花瓣里毒药般的桃粉色汁液,酸酸的,微微带苦。

直到现在,只要调色板上出现浓郁的粉色,我的嘴里便会泛起映山红花瓣的味道。

我那时太饿了吧。只要看见美食图片,就猛然食欲大振。

但是,去五金商店,看到长短合适、闪着铅色钝光的钉子,不仅口中会泛起新钉子的铁腥味和凉意,还会重新唤醒小时候的自己以及那时围绕着我的一切东西。一小时过一趟火车的铁轨、铁轨穿过的小隧道、隧道里湿冷的味道。斜堤上青草扎扎的触感,俯身趴在草里,屏住呼吸的小小的我和小小的哥哥。听,听,火车的声音越来越响,越来越响——屏气,闭眼。

我们把五寸钉放在铁轨上,等着它被轧成扁钉。

童年就是个恶魔时代。

麦田

撤回日本后,我们刚开始住在父亲的老家。村子很小,几乎人人都姓佐野,大部分人都是亲戚。学校里,老师不喊姓,而是直呼名,我的班上甚至有我的两个堂兄妹。当时全日本都穷,我家更是一贫如洗。不过,只有一套衣服可穿的我可能也比乡下的孩子显得洋气一些。

回来后不久,村里的青年团组织文艺演出,孩子们也和青年团的哥哥姐姐一起上台演戏唱歌。村里的姐姐们比较看重从外面回来的我吧,将最出彩的角色给了我。那是为《爱染连香树》①中的歌曲伴舞,我和一个叫光世的姐姐共同表演,和着"可爱的你啊,正因有你,浮世艰辛也不算什么。只有神明知道……"②的伴奏,我双手在胸前合十,被光世姐姐抱住,摇着头。可能我骨子里喜欢这些吧。姐姐们也很偏爱我,说:"这孩子有天赋。"

朋友们突然开始对我使坏。从我身边经过时,她们扯着嗓子唱:"可爱的你——啊,正因有——你——",没有人跟我一起玩了。于是,我不想再参加什么文艺演出了。演出那天,该跑的地方,我故意走过去,摇头也只摇三分,像闹情绪似的。我用这种方式讨好朋友,想让她们明白我其实并不喜欢表演。

演出结束后也是一样。放学路上,她们结

---

① 爱染かつら,根据川口松太郎的小说改编的同名电影。
② 电影《爱染连香树》的主题曲《悲伤的摇篮曲》,由竹冈信幸作曲,西条八十作词。

伴一起走,故意回头看着我悄声嘀咕些什么。一天,走在我前面的这群人突然消失了。我心里莫名升起不祥的预感。两旁是麦田。我独自一人走在麦田中央的小路上。紧接着,石头纷纷从两旁的麦田里飞了过来。

"可爱的你——啊,正因有——你——",两边响起大合唱。再然后,一张张脸——憎视着我、张开大嘴使劲儿唱歌的脸,从麦田里露了出来。全是女孩。其中还有四个是我的堂姐妹。我低着头从大合唱声中穿过。没有哭。我从来没有因为受欺负哭过。

我想赶快走出大合唱。穿出麦田后,小孩纷纷从田地里蹿出来,一个接一个地骂我。我还是没有哭。这时,在铁路工作的高子姐姐从后面走了过来。小孩的声音消失了。高子姐姐从身后搂住我的肩,非常温柔地问:"怎么了?"我的眼泪一下子涌了出来。要不是她那么温柔地问我,我绝不会哭。

高子姐姐搂着我的肩走了一路，我哭了一路。后来走到她家门口，与她道完别，我就不哭了。无论在外发生什么事，我都不会告诉母亲，而且我的自尊心也不允许我哭着回家。我用脏手把眼泪抹干。可能脸上还留着泪痕吧，母亲问我"怎么了"，我回句"没事"，就去喝水了。心里想着"其实我不想喝水啊"，却继续喝，一直喝到肚子里咣当响。

后来，我见过许多麦田。最美、最让我怀念的，却始终是那片回响着让人讨厌的大合唱"可爱的你——啊"的青青麦田。

现在的我会给那些合唱的孩子鼓劲：

"使劲儿唱！使劲儿唱！"

会对从麦田中走过的八岁的我说：

"加油！加油！"

会对温柔的高子姐姐说：

"谢谢你。"

雨
衣

　　撤回日本时，我上小学三年级，哥哥五年级。父亲的老家在富士川旁的一个小村子，单线铁路身延线①沿河而行。

　　我们是村里唯一的撤离归国人员，属于村民眼里的外来户。加之，在农家排行老六的父亲早早便离开了村子，如今在日本一贫如洗的时候只背个包，拖着五个孩子回来，无疑是给人添麻烦。所以，父母的处境应该挺难堪吧。不过，我们还是过着孩子的生活，每天忙得不可开交。"撤离归国人员"的名号也被加在我的名字

---

　　① 连接静冈县富士市与山梨县甲府市的铁路线。

前面,用于区分我和医院的洋子。大家都穿着破破烂烂、黑得发亮的洋服或束腿劳动裤,就连冬天也是光脚穿草鞋,脚冻得通红皲裂,从没见过什么新衣服。

学校时不时会收到救援物资。看上去最穷的孩子得到了一双运动鞋。大家总是直勾勾地盯着那双鞋看,遗憾自己不是那个看上去最穷的孩子。

有一次,来了一件灰色的橡胶雨衣,老师给了撤离归国的我。当时没人有雨衣这种东西,我把它带回家时,母亲特别高兴。

后来,我和哥哥去两站地外的伯母家住,然后打算坐最早的一班火车回家。那天下雨,到车站时还早,一个人都没有。

我俩想去尿尿,就把雨衣放在木长椅上,然后跑到车站后面上厕所去了。等回来,雨衣不见了。一个中年人站在木椅旁,背包放在椅子上。

我吓坏了,瞅瞅长椅底下,摸摸长椅上面。那个男人问,怎么了。我说,我的雨衣不见了。于是,他也和我一起在长椅底下找,还伸头探出窗外找。但是,那里只有这个人,我觉得肯定是他拿走了雨衣。

我摸摸那个男人的背包,问:"这是什么?""是要拿到医院的大米。"男人说。我抓了抓背包,说:"大米不会这么软。""就是大米。"男人更加坚持。"打开看看。你要是不打开,我就去找车站里的人说。"我指指玻璃窗对面的车站。背包一打开,男人立即抓起雨衣远远扔了出去。哥哥全程站在我身后,一言未发。

这件事一直一直让我觉得很羞耻。时间越久,世间的"物"越丰富,羞耻感越强烈。

我觉得羞耻,是因为只是一件雨衣而已,自己却不要命地找;是因为自己怀疑那个男人,还与他正面对峙;是因为哥哥站在我身后,一言不发。更羞耻的是,九岁的我居然表现得像个大丈夫一样。还有,羞耻于雨衣在那人背包里出现时我心里因猜中而升起的得意。

我捡起雨衣时,哥哥像慰劳我似的,说了句"坏蛋。"。但是,哥哥应该不会觉得羞耻。因为他是男的。

那年六月,哥哥因营养不良死了。

百日菊

　　撤离归国后不足三个月的那年五月,四岁的弟弟死了。他死去的前一天下午,我带着他到水田里捞青蛙卵。

　　弟弟无精打采,不停哭闹,我把像石花菜凉粉一样的青蛙卵连泥一同倒进他的帽子里。他坐在田埂边的石头上,没有缘由地呜呜低泣。看见青蛙卵都不高兴,我恶狠狠地拽起了他的手。

　　家里六岁的弟弟快死了。发烧,说胡话。来帮忙做饭的几个伯母说:"撑不过今晚了。"

　　这个弟弟的一旁,四岁的弟弟转眼就死了。我后悔自己那么恶狠狠地拽过哭闹的弟弟的手。

"忠史怎么死了呢。想着肯定是弘史呢。"伯母像赌错了似的,发出失望的声音。

弟弟被装进小得惊人的棺材里。

次年初夏,十一岁的哥哥死了。

哥哥盖着家里珍藏的夏凉被,又平又薄地死了。我跟哥哥好得跟一个人似的,无法相信他的死。

我第一次看到父亲哭。在父亲的眼泪里,我感觉自己好像被背叛了,同时又有一种满足感。五个孩子剩下三个,父母突然变温柔了。

次年夏天,母亲的肚子大了起来。

弟弟死了,接着又失去哥哥,我觉得痛惜,但并不会为一个新妹妹或新弟弟的降生感到高兴。小婴儿代替不了哥哥。

刚回日本那会儿我们住在伯父家,这时搬到了一个只有四户人家的小村子。门前的水田一直延伸到富士川的河滩边,一条小河从屋边流过。

父亲沿河种了无尽的百日菊。

纤长的百日菊蒙着灰尘,开了一夏。看见那些坚韧、结实的小圆花,更觉炎热。

在只有四户人家的小村里,产婆不知从什么地方冒了出来。

那是八月七日的正午。八月七日是七夕,阳光暴晒的屋前,竹枝上簌簌飘着彩纸。

隔门紧闭的榻榻米房间里,母亲发出异样的声音。

十一岁的我、没死成的弟弟以及最小的妹妹待在隔壁铺着地板的房间里,母亲一喊,我们便捂紧耳朵,缩成一团。

房间的木盆里,放着一个圆滚滚的大西瓜。

母亲总是穿着竖条纹的裙裤和上衣,肚子一大,看上去像西瓜一样。我觉得,木盆里的西瓜仿佛就是在隔壁房间里生产的母亲。

父亲抱膝坐在西瓜前面。母亲的呻吟声更响了,我走到家门前的小河边。也不知道做些什么好,于是开始薅百日菊的花瓣,把它们一根根薅成光杆儿。

可是,我想知道孩子出生的瞬间究竟是什么样,也想守在西瓜前面。父亲说了,孩子一生下来,就切西瓜。所以,我也想守在西瓜旁。

回到屋里,母亲的声音更大了。

"妈妈不会死吧?"我捂着耳朵担心。

"喂,马上就生了,是男孩!"怎样都行,我只想让她快些生。

我不想再听母亲的呻吟了,而且也想吃西瓜。

接着,终于传来了婴儿的啼哭。母亲刚生完,就开始用极其正常的声音与产婆说话。我不由得有种被骗的感觉。

生下来的,是个小小的女婴。

父亲在大砧板上切开西瓜。我感觉自己变

成了桃太郎故事里的老婆婆。

这个小小的婴儿,让我们这个痛失两个兄弟、始终带着残缺又惴惴不安的家从此有了固定的形状。

川

我喜欢看母亲年轻时的照片。踩着高跟鞋,必定戴帽子,穿一身松松垮垮的洋装。鞋子要么是白色与深色的双色观者鞋,要么是后跟很高的网面凉鞋。我总是穷根究底地问她,这双鞋是什么颜色,那套洋服是什么颜色。母亲在这种时候总是心情大好,发出怀念的感慨:过去的裙子真长哪——看照片时我觉得那仿佛是很久很久以前的照片,现在想想,其实距当时也不过不足十年的光景吧。

母亲穿着那身打扮在银座的杂志社上班,每天不把银座从头到尾逛一遍,就不踏实。这话母亲说了无数遍,我也听了无数遍,可是关于那个洋气的母亲的事,还是听不倦。她说,当时每周去看一次电影,还在资生堂的水果甜品店吃冰激凌。而我连银座和水果甜品店是什么都不知道。

怀念地端详着照片的母亲从胸口掏出乳房给妹妹喂奶,身上穿着条纹束腿劳动裤,脚上是草鞋,还经常下地干农活。

只有四户人家的村子正对富士川,河对面是一个稍微大点儿的小镇,有药店、理发店,还有一家电影院。电影院里一年演一次浪曲或说书,也会放几场电影。然后,一年中大部分时候都不开门。

父亲在静冈的学校里教书,周五或周六的晚上背着包回来,平时都不在家。一天晚上,母亲交代我照顾好三个弟妹,说她要去河对面看电影。

她说,天黑,谁都看不见,她要渡河过去。走到桥那边过河的话,得花一个多小时,从家门前的浅滩过去,十分钟左右就能到对岸的镇上。说是浅滩,水也没到我肚子的位置了。

母亲出门了。哥哥刚死不久,虽说家里还有满地乱爬的小妹妹、七岁的弟弟和五岁的妹妹,可不知为什么,母亲一走,家里莫名地安静,寂寞得很。小妹妹和五岁的大妹妹睡着了,我和弟弟顿时百无聊赖,说,要不去后面邻居家听广播吧,然后就出了门。

我感觉很对不起母亲,十分内疚。后面邻居家的年轻阿姨剥着豆子,我和弟弟在她身旁玩耍,忽然间听见有孩子在哭。我赶紧跑出去,外面漆黑一片,不知从什么地方传来了五岁妹妹的哭声。路上到处不见妹妹的身影。声音是从地下传来的。家旁流过一条小溪,溪上有桥,我跑到桥上往下张望,结果发现妹妹正站在水里哭,还穿着睡衣。

她好像是从桥上掉下去的。应该是直着掉下去,又直直地立在了水里吧,下半身的睡衣已经湿了。我把妹妹带回家检查,发现她哪里都没有受伤。她从近两米高的桥上掉下去,却连一处擦伤都没有。睡衣的下摆沾了少许沙子,我把沙子洗掉,重新给妹妹穿上,然后又把妹妹的被子稍微打湿。弟弟默默看着我做完这一切。

近十一点时,母亲回来了。我告诉她:"道子尿床了。"母亲掀开妹妹的被子,摸了摸她的睡衣,拇指和食指来回一搓,然后把食指伸到我面前。上面是三颗很小很小的沙粒。母亲威声责问:"上哪儿去了?""后面邻居家。"我已经做好了心理准备,接下来要么是一顿拳打脚踢,要么就是长篇说教。

母亲目光逼人,怒冲冲地瞪了我好久,撂出一句:"想骗我,没门儿!"她肯定对发生的一切已经像过电影一样了然于胸。可是,就此打住了。我格外扫兴,总感觉不对劲。再看看母亲,才发现她的上衣湿了一些,束腿劳动裤却一点儿都没湿。看样子她是脱光下身过的河。

猫

我怕猫。从小就最怕猫。

然而,家里却总是有猫。连自家的猫,我都丝毫亲近不起来,只是从早到晚怕得不行。

从外面回来时,总盼着猫千万别在,我不敢摸,也不敢抱。只敢碰一个地方,就是揪住猫脖子,把它拎起来,然而也只是因为想安心待在一个没有猫的地方,于是捏着一点皮毛把它扔进隔壁房间,然后哗一下拉上门。

吃饭的时候,猫钻到了矮脚饭桌下面。它不会碰到我吧,我好害怕,端起筷子、米饭和味噌汤碗,哭丧着脸在屋子里来回打转。只有等谁把可怜的猫扔到隔壁房间去,我才能安心坐下来吃饭。猫只要一贴过来,我便像被恶魔穷追猛打一样,跪膝后退,背抵住屋角,悲痛地大喊:"猫!! 猫!!"这时就会有谁过来把猫带走。

和弟弟妹妹打架时,他们一定会逮上猫过来追我,我总是一脸惊惧,哭喊着四处逃窜。

我害怕猫走起路来无声无响;"喵——"的一声,听起来像病婴,打哈欠时露出的细密牙齿,火焰般扭动的舌头,舌根深处的喉洞很小,却深不见底,蜿蜒的尾巴让人觉得那里仿佛单独长着一种异样的生物。而我最讨厌的,是猫的眼睛。时绿,时灰,正中的瞳孔会突然变大,太阳下狂妄似的眯起,黑暗中又地闪出光芒,太可怕了。我努力不看猫,却又不经意地发觉,猫早就一声不响地闯入某块地方一直盯着我,真的太讨厌了。

猫蜷卧在坐垫上,起身后留下微暖的体温,这让我冒火。早晨起床时,猫正躺在我的被子上睡觉,我讨厌那并不重的重量以及透过被子能感受到的温度。后来,父亲很生气,说:"我要让你喜欢上猫。"说完逮起猫,拿着绳子过来,把猫捆在了我背上。猫喵喵叫着,在我身上乱挠,我背着它像地老鼠花炮似的轱辘辘乱跑。我记不起五岁的自己是什么表情,以及后面发生了什么,只记得恐怖更猛烈地袭来,我没能满足父亲的期待。

我记不得那只猫是什么颜色,叫什么名字,也不记得自己是否叫过猫的名字,对我来说,它只是"猫"而已。

然后,七岁半,在一个寒冷、天还未明的冬日清晨,为了回日本,我们离开了家。回头望,透明般的钴蓝色天空上,星星钻开天幕,透出万千光芒。星空下,我们的家黑漆漆一片,猫应该就在家里的某个地方。

回日本后,我们暂时在一个只有四户人家的小村里安顿下来,那地方算是在山里吧,或者说在大河的上游,在山谷里。没有盈余来养猫了,在那个贫瘠的年代里,哪里都吃不饱。养兔子,养山羊,养鸡,都是为了吃。

鸡窝和兔舍时常遭破坏,大人们说是狐狸或饿坏的狗干的。传说山里也有山猫。应该也不是纯正的山猫,就是遭人遗弃的猫变成了野猫。那里确实经常有灰色的大野猫出没。

明明只是野猫罢了,孩子们却故意表现得惊恐万状,夸张地逃回来。我没有夸张,也没有假装,是真的害怕。

屋后的邻居家房子很大,一个上了年纪的大叔一个人住在那里,独自务农。他家总是黑森森、冷飕飕的,有股霉味儿。我家没有洗澡的地方,借大叔家外面的洗澡间来用。洗澡间不通电,有月亮的晚上稍微亮一些,漆黑的夜里,从屋侧淌过的溪流比月明时更响。"那里不会有山猫吧。"一想到这儿,我就很不情愿去那里洗澡。

一天,我去大叔家,一进门,就看见他正在

玄关后面的厨房里炒菜。大叔看见我,似乎吓了一大跳。那味道特别香。我走到大叔一旁,凑近瞅了瞅锅,锅里正咕嘟咕嘟冒着泡。大叔从锅里拣出一块肉给我。我真的已经很久没有吃过肉了,高兴得心扑通扑通直跳。那块肉像鸡肉一样,有一根纤细的骨头,因为很烫,我双手捧着,呼呼吹着气走了出来。

我担心弟弟妹妹或是别的什么人看见了会想吃我的肉,于是没有回家,朝别处走去。家旁有一片紫云英地,放眼望去尽是绽放的紫云英。我边走边吃肉,等坐进紫云英地里,已经吃完了,可是还想着说不定哪里还剩点儿肉,于是仔细查看,不放过一丝残存的肉屑。等真的吃得干干净净了,便开始舔骨头,边边角角舔个遍,舔了一遍又一遍,仔细再看看,骨头上有个小口,就呲溜呲溜吸一吸。舔得太久了,小小的一根细骨头也光溜像被打磨过一样。我舍不得扔,觉得扔掉太可惜了。

我带着这根光亮的小骨头回到家,对母亲说:"大叔给了我块肉。"然后给她看那根骨头。母亲说:"奇怪,他家没有养兔子啊。"第二天,弟弟大惊失色,飞快地冲回家里,说后面竹林里有块被扔掉的山猫皮。

我吃的是猫肉。

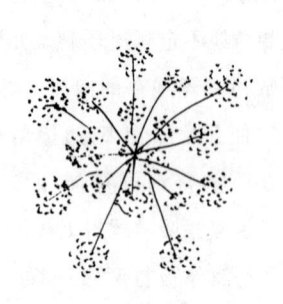

脱
肠

　　我穿着唯一一条连衣裙,戴着玻璃珠项链,背着大包,不知为什么还拎个烧水壶,和家人一起走出静谧、庄严的火车站,朝新家走去。我们家在城址中央,石墙绕城,还有一条护城河流过。城址本是练兵场,众多兵营分散其中,后来直接成了中学和高等学校的校舍,不长草的地方变成操场。我家就在城址一角一幢细长的栋割长屋①里。

---

　　①　以间壁分隔成若干独立部分的一长排房屋,房屋的地基、外墙、屋顶等,均为一体,但每一独立部分又分别属于一户所有,归其居住使用。

我们刚安顿下来,立刻就有一群小孩扒着窗户往里瞅,瞅完唰一下跑走,接着又唰一下折回来继续瞅。他们是来侦查的。后来吊在窗户上一动不动了。年纪最大的男孩叫阿浩。

阿浩第一次跟我说话,说的是真纪的事。说那个女孩跟我一般大,原来住在我们家这里。他怀着遥远的向往告诉我,真纪特别可爱,学习也很好,搬到东京去了。

阿浩一看就不是秀才那种类型,而是个心里有什么就全盘托出的男孩子。阿浩正好上五年级,不高也不低。他是个不怕羞也从不畏怯的闹腾鬼,率直,冒失,开朗,又散漫。

我尊敬阿浩,但又是个主意正得过分的女孩。

我又一次顶住了陌生学校里陌生同学投来的看稀奇的眼光。这是我第四次转学。轻微的害羞好似新鲜感与紧张感里的调味料。我像个斗志昂扬的瘦猴。而新伙伴说不定是一群猴。

老师让我与阿浩坐同桌。他可能知道阿浩住在我家隔壁的隔壁吧。我刚在阿浩旁边坐下,就有几个人在教室后排起哄:"噢——配上对喽!""'脱肠'真行哟!!"阿浩一下子就当真了,脸涨得通红,额头闪闪发亮。

直到现我也不知道那个"脱肠"说的是鸵鸟,还是脱肠①。我不喜欢他,自己也并不是那种招男孩子喜欢的类型。然而,我和阿浩却成了亲密无间的伙伴。

一放学回家,我和阿浩就忘我地玩起来了。夏天,吃完晚饭天要是还亮着,我们就再跑出去玩一圈,玩球玩到球消融在黑暗里不见踪影,玩夺阵游戏玩到无论凑多近都看不见粉笔线为止。不过,我们的关系可一点儿都不好。"佐野,你要诈""啊,真磨叽",阿浩经常这样吵我,一吵,脑门儿就闪闪发亮。"哪有""那我再来一遍,看

---

① 鸵鸟(ダチョウ)与脱肠(ダッチョウ)的发音相似。

好了,笨蛋",我态度也很差,不老实,不谦让,只求一时胜负,分毫不让。

阿浩有一个弟弟、两个妹妹,和我家的情况一模一样。

我仗着年龄大,喜欢使坏招儿,总能顺利地用旧粉笔从阿浩的妹妹阿直那里换来新粉笔。才一会儿工夫,阿浩就顶着那个燃烧着正义的亮脑门儿过来找我了,异常平静地说,"你过来",然后把我带到厕所后面,新粉笔就被要回去了。

我弟弟要是被阿浩和他的同伙惹哭了,哪怕是鸡毛蒜皮的小矛盾,我也会冲过去逼他们认错,或者卑鄙地找他们的妈妈告状。阿浩如果是蛮横的野狗,我就是刁猾的鼬鼠。

紧临破烂长屋的一侧,有一个长了多年、蔚为壮观的紫藤花棚。疙疙瘩瘩的树干粗壮盘虬,痛苦地扭曲至棚顶,一串串硕大的花穗垂下来的时候,美得像是对肮脏的员工宿舍的侮辱。我和阿浩经常像猴子一样在紫藤花棚上攀爬穿梭。

我们怪叫着从一根粗蔓飞跳到另一根上,等玩累了,就四仰八叉地在棚顶躺成"大"字。我们之间也有过短暂的、和平、安宁的时光。我们趴在棚顶用叶子占卜的时候,阿浩的大拇指,以及他亮脑门儿上擦伤处结好的痂总会在我心里唤起一种分外熟悉的安心感。

然而,阿浩并不是我喜欢的男孩,也不会有哪个男孩把一个和自己在两米多高的紫藤花棚上一起玩耍的女孩当成女孩。我俩之间的和平,在一方企图把另一方赶下花棚时消失得无影无踪,只剩下污言恶语。

自行车是我们这里唯一的交通工具。城不大,没有坡道,路也铺得很好,又宽敞,正好适合骑自行车。所以,小孩子等到能骑大人的自行车了,就会开始学骑车。

阿浩先学会了。坐着的话,脚还够不着踏板,所以他是站着骑的。说是会骑,可是不会刹车,所以要么等着摔倒,要么只好撞向网球场的围墙。

阿浩练骑车时,我跟在后面跑跑走走,央求他让我也骑一骑。自行车是他爸爸的,所以就算他浑身是泥,衬衫上蹭满斑驳的青草汁,膝盖擦破,血泥交融,也不肯借我骑一下。

即便如此,我也不罢休,一直跟在自行车后面。他一摔倒,我就赶紧上去扶他起来。他刚骑上去时,我帮他扶着后座,直到他平衡好骑起来。

六万六千多平方米的城址中,我和阿浩在蔓草丛生的广场上东摔一跤西摔一跤。就在这时,同班的男生路过这里,远远地,开始取笑我们。

周围被夕阳染得通红。

取笑我们的男生被染成红色,我和阿浩也被染红了。但是,我们心里没有一丁点儿浪漫的感觉,只觉得被侮辱了,因为我们很清楚彼此间的关系。

我和阿浩局促地呆立在夕阳的余晖里,立了许久许久。

后来,我和阿浩考入不同的中学,我又搬了一次家,再也没有见过他。与阿浩分别,我没有一丝伤感,也没有再想起过他,就这样许多年过去了。

结婚生子后,我第一次参加小学同学的聚会。一个个像模像样的大叔和太太身上还是立即现出当年的影子。

我看见了阿浩。他戴着眼镜,身穿西服。我和他握了握手。眼泪出其不意地渗出了心头。好怀念啊,阿浩的额头还是微微发亮。

他有两个孩子,在中学当老师。聚会结束后,我去火车站乘车走。朋友们把我送到站台上。

火车开动了,我朝窗外挥挥手。阿浩开始跟着火车跑,跑到站台尽头立住了,一直一直挥着手。

姐姐

一上五年级,班上就有了像姐姐一样的同学。不过却没有哥哥一样的同学,这是为什么呢?

之后,像姐姐一样的同学变得越来越像姐姐了。六年级时,像姐姐一样的同学个子最高,胸脯也开始鼓起来,大家做操的时候,她在静静地休息。我纳闷,个子那么高的人,身体怎么会那么弱。不过,体弱的人好像很高雅,经常体弱,就更高雅了。

R子就是这种人。R子跟我这种小矮个儿说话时,或许是她觉得个儿矮的人精神上也很幼稚,或者事实可能的确如此,总之有一种教诲的意味,绝不会平视着我讲话。可能因为她一直当年级长吧。我从没见过她慌张、兴奋、惊惶失措的样子。

我是个爱闹腾的疯丫头,干了什么坏事,R子总把我当成不懂事的小妹妹,像姐姐一样满眼爱怜地望着我,不过温柔的笑容里又藏着严厉的批评。

有一次出去郊游,途中下起大雨,我们在一个陌生学校的礼堂里避雨。雨一直下个不停,我们就开始在礼堂里奔跑打闹。那时的班主任是新婚不久的K老师。他和班上的小O正闹着玩。用今天的话来说,小O算是问题儿童,家庭情况很复杂,短短一段时间里姓变了好几次,不带便当,被其他男孩欺负,上课也听不懂。以前的老师对他要么是理所当然地不管,要么就是训斥。

新来的班主任K老师经常在放学后把小O单独留下来,在教室里教他算数。上课时也经常关心他,弄得同学们都说老师偏心。因此,小O在课间休息时也缠着K老师,很依赖他,还在操场上追老师,一不小心玩过头了,也会挨训。连又矮又爱闹腾的我都能理解,这是K老师作为老师的热情。

雨天,陌生学校的礼堂里,R子和她的好朋友们安静地围成一圈坐下。奔跑打闹的孩子中间,小O和K老师闹得最起劲,追来跑去。R子拿出年级长的气势,屡次提醒他们安静。我觉得,那似乎是在讽刺K老师,她制止跑闹,是为了让K老师难堪。K老师和小O这对组合玩得正起兴。K老师双手拽着小O疯狂地转圈圈,小O尖叫着,欢声大笑。结果,K老师转得太起劲儿了,一屁股摔在地上,咔嚓一声地板破了个大洞。

我听见一直盯着K老师的R子说了句:"真行。"K老师朝R子的方向看过去,看到她的表情时,顿时像一个被训斥的小弟弟。我觉得,这与年龄无关，R子是全人类的姐姐，一生都会是全人类的姐姐吧。

十多年后，K老师当上校长，举办了一次庆祝会。当年鼻涕邋遢的小毛孩也好，优等生也罢，如今全都变成了气派的大叔和大妈。我见到了长大后的R子。R子比小时候更加接近完美的R子了。我想起，美智子当上皇太子妃时，我曾想："啊，R子也是能成为出色的皇太子妃的那种人啊。"长大后的我已经比R子高出了许多，可她跟我打招呼时还是和当年一样，仿佛在对当年那个又矮又闹腾的我说话。我不由得觉得，R子无限地延续着优等生的样子，而我也无限地接近着儿时那个自己的本质吧。K老师也是，对R子说话时沿用的就是老师对班上优等生的方式，到我这里时突然变得无拘无束，开始直呼名字了。

这时，当年鼻涕邋遢的小毛孩——如今的气派大叔们拍着手唱起歌来了。R子优雅地微笑起来。唱起劲儿的鼻涕邋遢小毛孩们高昂地唱着:"一呀哟,一个小姑娘。"R子像成年优等生一样乐呵呵地笑着。这时,一个气派的大叔走到R子面前,低头赔不是:

"不好意思啊。大家喝了酒都飘起来了。平时可不这样,多见谅啊。"

我特别惊讶,也特别感动。我和K老师互搂着肩,扯开嗓门唱起来:

"七呀哟,当铺家的女儿哟——"

烟花

　　那是即将升入六年级前的春假。小城每年的祭典活动都在浅间神社里樱花盛开的时节举行。我们就把祭典叫作"浅间先生"。母亲会做很多很多稻荷寿司。每年这时候，父亲的学生也会成群拥到我家来。其中一个人就是鹫巢。四五个学生中，我立即就喜欢上他了，而且只喜欢他。

　　我们用包袱皮包好稻荷寿司，走进樱花盛开的浅间神社。我一直缠着鹫巢，拉着他的手。

　　"洋子，你几岁啦？"

　　"十一。你呢？"

　　"十七。"我快速计算了一下。差六岁的话，能嫁给他。

　　坐在樱树下吃稻荷寿司时,我也想坐在鹭巢身边。从崖坡上下来时,他"嗨哟"一声把弟弟妹妹抱了下来。我完全能自己跳下来,可他依然伸手过来,"嗨哟"一声把我也抱了下来。那一刻我开心得神思恍惚。这时,一个陌生姑娘在崖边徘徊,不敢下来。鹭巢伸过手去,把她也拉了下来。他的同学开始起哄。我心里生出了嫉妒。后来,鹭巢经常来找父亲。一般是和同学一起来。他一来,我心里啪一下就亮堂了。

　　"嗨,没事。"父亲带着还正上高三的学生喝起酒来。他一喝酒就心情大好,人变得柔和又健谈。四叠半的狭小长屋里挤得满满当当,大家边吃边喝闹到深夜。我紧贴在鹭巢身边,特别害怕听见那句"小孩去睡觉",但最终还是会被赶到隔壁房间去。隔门那边热热闹闹,我躺在这边的黑暗里根本睡不着。有时,稍稍把隔门拉开一条缝,亮光像丝带一样流进来,我透过细缝朝那边窥望,要是恰巧看见鹫巢的脸,就特别高兴。

我清楚地意识到鹫巢是个异性。那年暑假,我去了临海的学校,在夕阳下的海边散步。夕阳染红了海面,海浪缓缓涌上来,浪漫极了,可是我光脚吧嗒吧嗒走在沙滩上,穿的是哥哥留下的浴衣——上面是飞机图案。我胸口发紧,想着鹫巢,故意走在最后,蹲下用手指在沙滩上写下わしず①。浪涌上来,字不见了,我吧嗒吧嗒跑几步,再写一次,わしず。后来忽然想起"鹫"字怎么写了,可是来不及写,因为浪又要涌上来了。我把多少个"わしず"交给了夕阳下的大海啊。

一年过去了。樱花又开,我成了中学生。这年祭典日,鹫巢他们没有来。可能正忙着高考吧。这年,鹫巢落榜了。比起落榜的事,更让我

---

① 鹫巢的平假名写法。

觉得落寞的是,他得去预备校复读,将要离开这里了。

祭典最后一天的晚上,护城河上放烟花。河岸开满樱花,烟花从石墙旁升起,映到水上。我和妹妹去看烟花。人山人海,挤得像在电车里一样。就在这时,我看见了鹫巢。他头戴学生帽,穿着校服,身旁是一个白白净净的女生。高大的他在混乱的人群中护着她,正和她说着什么。那只是一瞬间的画面。我看向别处,再也没看第二眼。人蒙得像脑袋被打了一样,眼前昏黑。我拉着妹妹快步离开,不想被鹫巢看见。"姐姐,烟花还没放完呢!"妹妹说。"回家了。"我一身沉重,不说理由,也不找借口,连嘴都不想张。我一直想再见他一次,现在不想见了。我纤细的双脚像火筷子一样穿过皱巴巴的化纤格纹短裙,穿上木屐。那时,我意识到了自己是个丑恶的孩子,而鹫巢一直一直只把我当个孩子而已,真羞耻。

电影

学校偶尔有所谓的"电影小课堂"。大家浩浩荡荡地从学校走去镇上的电影院看电影。

小学六年级时看过一部电影,名字已经忘记了,以一个研究所的科学家为原型,讲述美国向日本投掷原子弹之前的故事。电影里说的是两位年轻科学家之间的友情以及他们在核爆发生之前所面临的困难。

那部电影并不适合孩子看,我当时却深信,学校组织看的电影都是有"用"的。我到现在也没弄清楚,那种电影有什么"用"呢?

科学家们一心扑在核试验上。转眼到了试验成功、第二天就要进行投掷的前夜,一位科学家负责在飞机里彻夜看守。

原子弹变成了一个小小的金属炉子,科学家必须时刻盯守,防止引发核爆的物质落进炉子。但是,那个科学家已经十分困倦乏力了。我们提心吊胆地盯着银幕。然后,他不小心睡着了,物质落进了炉子里。几秒钟就会爆炸。科学家很清楚,被核辐射后人会死掉,但还是把手伸进炉内把东西拿了出来。他堵上了自己的性命,只为挽救更多美国人的生命。

当时,电影院里掌声雷动。大家纷纷拍手叫好。那个科学家第二天就死了。他的妻子号啕大哭。他的好朋友赶来,鼓励这位妻子,说她的丈夫是英雄。

最后一幕是,科学家的好朋友一手搂着自己的妻子,一手搂着朋友的妻子,目送飞机向广岛飞去。

电影院里的孩子们哗啦啦鼓起掌来。孩子们很感动。完全被带进电影的节奏里了。

我揣着一肚子火,走出了电影院。

什么都能让孩子感动。他们太容易相信了。幼儿园的老师,或是做童书的人会说,孩子看了这种书直拍手,很开心,所以这是本好书。我听了,突然就不相信了。

但是,现在想来,那么多好朋友都在鼓掌感动,一肚子火地觉得这也太奇怪了的我,可真是个狂妄的小孩哪。

偷东西

小学六年级的修学旅行时,我偷了东西。旅行地是镰仓,我却什么都想不起来了。偷东西以外的记忆全都被抹去了。

我偷了一枚三十五日元的玻璃胸针。

我还模模糊糊地记得镰仓大佛和八幡宫里的大银杏。走之前,大家去纪念品商店买礼物。我带了多少钱呢,也记不得了。总之认认真真地左右盘算,给家里每个人都买了一份我认为合适的礼物。最后还剩三十五日元。我还想给弟弟买一个骰子形状的箱根细工存钱罐,三十五日元。存钱罐一旁放着一枚小小的、小小的葡萄形状的玻璃胸针。绿叶配着红果实。摇一摇,沙沙轻响。

也是三十五日元。胸针太吸引人了。无论如何我都想要。可是,还得给弟弟买骰子形状的存钱罐。我从来没有那么为难过。选哪个都不行。

终于我下定决心,握紧了胸针。小小的胸针藏在我手里。"买这个。"我把骰子形状的存钱罐递给老板娘,掏出三十五日元。这中间我好像数次丧失了意识。孩子们在店里拥来挤去,老板娘都忙成乱发婆了,根本没工夫注意我。我不记得自己是怎么出来的。一边穿过门前的马路,一边想着老板娘说不定会追出来找我。后来恍恍惚惚地坐上了公交车。公交车上,我把胸针扔进背包里,心扑通扑通直跳。

回到家,我把存钱罐递给弟弟,看着他高兴的样子,又开心又难受,然后把自己的胸针藏到了桌子里面。就算去上学了,也还是惴惴不安。一想到那枚胸针,胸口便像抹布一样被拧紧,恐惧滴滴答答地落下来。我想象着自己会被抓去坐牢,思虑着警察会不会来抓我。我从没想过把胸针别在衣服上。一年过去了,两年过去了,我时不时悄悄拿出胸针看一眼。胸针还是那么美,那么吸引人。看完,又把它藏起来。我为自己犯下的罪行感到战栗,却又为拥有胸针而满足。我只有苦喊般地祈祷,千万别被发现。

太累了,这种心情我再也不想承受第二次了。

到最后我都没戴过那枚胸针。

胸针后来不知所终。

哔叽

我的中学没有校服,女生都穿哔叽面料的无袖连衣裙。

问题出在哔叽上。毛哔叽在当时是很贵重的面料,大家穿的大多是化纤哔叽。不过,班里也有两三个人,穿的是真正的毛哔叽。早会时,全校同学列队站在校园里。朝阳当空,照耀着所有列队站立的学生。可是,只有真正的哔叽才配得上朝阳。化纤哔叽闪着劣质的光,裙褶像折纸似的。而真正的哔叽仿佛有生命,深呼吸着,由内散发出高贵、稳重、夺目的光辉。

我打心底想要真正的哔叽。晚上睡觉时想象着理想中的款式:真哔叽无袖连衣裙搭配平纹白衬衣，领前系着纤细的深蓝色罗缎蝴蝶结。真哔叽无袖连衣裙，不单只有毛哔叽具备的特质，还兼有穿它的人的人格。所以，穿上真正的哔叽，人就显得高贵。女孩子显得高贵，这是决定性的要素。"显得高贵"，传递出超越人本身的背景。男孩倾慕的女孩们全都穿着真正的哔叽。

直到现在我都坚信，要是我当时穿着真正的哔叽，就能变成一个高贵、可爱的女孩子。因为哔叽裙子会赋予我自信。

得到憧憬的哔叽，是在三年后上高中的时候。

父母大手一挥给我买了最上等的哔叽面料，母亲带我去裁缝店。裁缝店在窄巷深处的一间黑屋里。里面还有一股奇怪的味道。仔细一看，居然有猴子，是猴子的味道。我憧憬的哔叽水手服要在这种地方做出来，浪漫感尽失，我一下子泄了气。

后来，水手服做好了。啊——可是，水手服

上有股猴子味儿。洗了一遍又一遍,猴子味儿却怎么都洗不掉,始终没有消散。还是得在三年前穿上没有猴子味儿的真正的哔叽才行啊,没穿上就是不行。三年后,世道平稳,每个人穿的都是毛哔叽。穿上真正的哔叽,大家都变成高贵的女孩了吗?这次,只有真正高贵的女孩才显得高贵。

海

　　我的中学是男女混校。上初中时,我只有二十九公斤,四肢黝黑,跟火筷子似的,个子比小矮人还矮。有的女生已经胸脯隆起,有的已经长到一米六了。

　　班上的男女生几乎没有接触。小学时同班的那帮男生,原来和他们一起玩,一起在大扫除时互掷抹布,这会儿在走廊上碰见也不会流露半点儿怀念。

　　上初中后不久,我找到一个音乐部的朋友,进了音乐教室。朋友背对钢琴坐在长凳上。一个高年级的女生倚着钢琴与她说话。那时,我感觉她俩之间仿佛有种浓密的空气,想着:啊,这就是能叫她"姐姐"的那种人吧。

我对这种关系没什么兴趣,也不知道这种姐妹在一起做什么,约定些什么,也从未对哪个高年级女生有过近似恋爱的、向往的心情。我倒是很纳闷,同年级男生怎么都变得那么冷淡?他们原来挥着扫帚追我,抓沙扬我,突然间就不这样了。我甚至幼稚到还一直琢磨着他们要是敢再这么干,我会立即接招。

我觉得朋友很早熟。她皮肤有点黑,五官却很出众,是个惹眼的美少女。她和二十九公斤、跟火筷子似的我不是一个世界的人。

当时,音乐教室里来了一个特别漂亮的高年级女生,直盯盯地打量我。老实讲,那目光像把我来回舔了一遍。我从来没有那么害羞过,那种害羞是一种快感。第二天,我被叫到音乐教室里。昨天的那个高年级女生和她的朋友围在钢琴旁,她倚着钢琴双手抱臂,问了我一些问题。问了什么,都记不得了。问话结束时,我莫名有种被选中的感觉。我既不知道自己对她是喜欢还是讨厌,也不知道她是个什么样的人。

她和我同路回家。我局促得不行。幸好她只坐了两站,快到终点才下车的我因此长舒了一口气。

我也在鞋柜旁等过她,她一直把我送到教室。我慌得很,又莫名有点儿开心。

她其实没对我做过什么,也没有说过什么特别的话,可我却感觉局促,不开心,忐忑。那段时间,我和她的那个朋友在学校的露台上聊过一次天。这个高年级女生不过是用再普通不过的态度和我聊了一些再普通不过的话题,所以我觉得跟同班同学说话一个样。

很快,那个漂亮的高年级女生便把我拽到水管那边,一句话都不说,狠狠地掐住我的胳膊,掐了很久很久。我从没被人掐过这么长的时间。不清楚为什么,而为什么似乎又清清楚楚。我并没有背叛她,却有种背叛人的沉重心情。我默默咽下一切,等她走了,打开水龙头一直冲着胳膊。她掐的地方,已经变黑了。

她只要在走廊上碰见我,就怒目而视。我特别害怕,却又觉得自己理应承受这份恐惧。尽管如此,我还是期待明天的怒视会比今天弱一些。事实上,她后来碰见我也不在意我,都不记得瞪我了。我很快也把这事儿忘了。

暑假前,学校按惯例组织大家去海边游泳,为期一周。我正在没腹深的地方瞎扑腾,那个漂亮的高年级女生过来了,笑着抓起我的胳膊,将我拽向更深处。我不会游泳。只是反向挣扎着,踢着她的脚和肚子。她浮在水里,抓着我的一只胳膊,自如地往前游。然后,她松手了。我咕嘟咕嘟往下沉,最后踢着沙浮出了水面。刚浮上来,她便双手按住我的头,再次将我按进水里。第一次,我以为她会就此收手。我踢着沙浮上来,头却又一次被按进水里。海水呛进我的鼻子和嘴里。我挣扎着,心想:"这个人肯定不会罢手,我恐怕要死了。"第三次,我踢着沙,打心底恨她,想着自己死定了。踢沙都踢不动了,我咕嘟咕嘟灌着水。

大概按到第五次吧,她停手了。那种异样的报复心理让我恐惧,她自始至终都是精神十足地按着我的头。

直到现在我都觉得,那是我生平唯一一次真正感到生命临危的时刻。她终于按够了,以优美的自由泳泳姿游远了。

我踢着沙,狼狈地扑腾回沙滩边。我感激自己还能活下来,虽然不知道接下来要面对什么。

或许,是感谢她及时收手,没有将我逼向死路。

从明天起,她肯定不会再怒冲冲地瞪我了吧。她就此和我做了个了断。

枳树

打小开始,不管在外跟人打架还是受欺负,我都从来不哭。

泪一涌上来,就强忍着,眼睛一眨不眨,绝不让眼泪流出来。眼珠周围已经水汪汪了,可我知道眼球中央还是干绷绷的。

小学四年级时,我被一个男老师打,眼睛下面都黑了一块。屈辱和羞耻让我崩溃,可我没有哭。回家后,我说是在楼梯上摔的。

有的女孩被人拽一下头发,就开始抽抽搭搭地哭。哭泣的背影楚楚可怜,透着娇滴滴的风情。那些白净、温顺、头发乌黑的女孩子经常被男生拽头发。还是小孩的我都知道那是男生爱的表现。我嫉妒那些会抽抽搭搭哭泣的女孩。

上了初中,大家就不再打来打去了。一天,我去参加朋友的生日会,回家的路上有一排枳树绿篱。那是我第一次见到枳树。"枳花开了哟"[1],我想起这首歌,摸了摸覆满尘土的刺枝,心想,"啊,这就是枳树吗,应该更好看才对啊。"

朋友们结伴走在前面。"我在枳树旁哭泣哟,大家、大家都真好哟",我想起这句歌词,突然也想在枳树旁哭一哭。也没什么哭的理由,就装着哭了起来。走在前面的朋友扭头一看,慌忙折了回来。

"怎么了,怎么了",他们全来关心我,扶着我的肩,认真研究我的脸。大家果然都这么好啊。

这时,我的眼泪真的流下来了。朋友们好得不得了。"因为我吗?""因为我吗?"他们七嘴八舌地问我。想到自己被朋友们宠溺着,我在

---

[1] 童谣《枳花》,由北原秋白作词,山田耕筰谱曲。

潸潸落下的眼泪中第一次体会到了自己宠溺自己的畅快。我为装哭的事内疚,可是流着泪,心似乎也软绵绵地化开,没了形状。

我感觉自己变成了一个好女孩。

软绵绵的心再也回不去了。我甚至觉得自己已经不是那个无论多努力,眼泪都会涌上来,然而依然能坚持到眼睛干绷绷的小小的我了。倘若不是在枳花旁想起北原白秋的歌词,如今我依然是那个摇头翻白眼的我。

很长时间里,我都不愿回忆小时候的事。其实是不愿想起那个强忍着不哭的自己内心的伤痛。哪怕是蒙着被子一声不出地哭,我都觉得自己太宠溺自己,太体恤自己了。可是,那才是人应有的样子吧。

如果是的话,那个摇头、翻白眼、使劲忍住眼泪的我活得多么不像人啊。

菜刀

忘记是为什么了,我和母亲关系恶化,已经连续好多天都不说话了。

第一天,我拒绝吃晚饭。母亲把我按到饭桌前,开始说教。在我看来,她只是为了自己发泄,会没完没了地说下去,所以我执拗地一声不吭。

母亲数落我"犟""不诚实",拎起围裙擤擤鼻涕,眼泪也顺势涌出来了。我看着她鼻子变红,心想,谁哭鼻子都会红吧。就算看见母亲落泪,我也不为所动。我一直盯着盘子:盘子里叠放着几片吐司面包,其中一片的中心部分耷拉了出来。我盯着耷拉出来的那部分,琢磨着它和面包上的洞是否形状一致,就这样一直盯着看。我不说话,不吃饭,想着睡一觉,明天快点儿到就好了。

第二天,我仍然不吃早饭。厨房里放着我的便当盒。我身无分文,只好把便当装进了书包。中午打开便当一看,有鲑鱼块。鲑鱼块挺奢侈的,所以我知道哪怕错的是我,母亲也想休战了。鲑鱼块好吃是一回事,赔礼道歉是另外一回事。

我不记得这种状态持续了几天。其实也没几天,只是感觉上持续了很久吧。放学回家,我一声不吭直接钻进被窝里。在家走来走去的话挺尴尬的。我不知道怎样才能让这种胶着的状态恢复正常,也担心要是轻易认错的话,母亲恐怕又会夸张地上演母爱电影里的场面吧。

"洋子,不好了,快,快来。"

好像出什么事了。而且好像挺有看头,从母亲压低的声音里就能听出来。"她肯定是想借着什么事让我忘掉我俩吵架的事,好,给台阶我就下,我也装作被大事件吸引了吧。"我这么思量着去了厨房。

"快,快,你看!!"

我家在住宅区的边缘,从厨房望出去是一片麦田。一条小河从麦田中央流过,两侧微微隆起两道河堤。

一个收破烂的人在河堤上搭了间屋子住在那里。这时,有人正在麦田里边跑边喊。这人身后,还有一个人在追,手里举着一把银光闪闪的菜刀。这天分外晴朗,人显得格外小。

"夫妻俩在打架呢。拿刀的是妻子哟。"母亲似乎很激动。

麦田绿得刺眼,两个人时而迫近时而拉远,菜刀时不时闪出明晃晃的光。

"啊——,不得了啊,不会出事吧。"我望着麦田,想的并不是收破烂的夫妇的事,而是这一开口,照这种局面下去,就回不去了。

"哟,不追了。"母亲似乎很遗憾。抡刀的妻子站住了,逃跑的丈夫也站住了。妻子很快钻进了小屋,丈夫也原路返回了。麦田里空无一人。

就这样,我开始在厨房里给母亲帮忙,像我们之间什么事都没有发生过一样,像只有麦田夫妇打架这件事发生过一样。

母亲也好,我也好,时不时探头到门外,想着那对夫妇是不是又打起来了,同时生硬地来一句"好像没事了"之类的话。

要是那把大菜刀能在麦田里再穿行一次,残存的那点儿生硬感也就一扫而尽了吧。

「佐野!」

开学典礼后的分班仪式相当惊险。中学生是很残酷的人类。一公布到班级和班主任的名字,大家就"噢——"的一声起哄。学生喜欢的老师与讨厌的老师,起哄声截然不同。轮到教国语的大畑老师,起哄声甚至立即变成了喝倒彩。

身姿矫健,目光锐利,胡子永远刮得干干净净,但是只要稍微长出来一点点,方形的下巴就变得黑乎乎的,像布满了仙人掌刺。初二那年,我的班主任是大畑老师。

大畑老师总是给人一种很突然的感觉。突然吧嗒吧嗒走在走廊上,突然呼啦一声打开教室的门,突然大嗓门"喂"一声,突然开始上课。还有突然开玩笑,突然点到谁的名字,突然让某个人站起来。永远确定的,就是这种突然。

大畑老师做任何事都不含糊,在黑板上写下的字刚劲有力,而且永远一副怒气冲冲的样子。中学生总想在老师暧昧的温柔里钻钻空子,而他身上一丝可供钻空子的缝隙都没有。男生把这位突然红起脸大喊大叫的老师叫作"雄斯底里"。

不过,在这种大喊大叫、张弛有度的课堂上肯定不会打瞌睡。

我似乎成了老师的眼中钉。一节课里,他能大吼五次以上"佐野!!"。有时是因为我注意力不集中,身体摇来晃去,可是即便在我全神贯注的时候也会当头迎来一声怒吼:"佐野!!"简直像戏剧里的吹拉弹奏,老师靠吼一声"佐野!!",调整着上课的节奏。

我想,忍一年吧,忍一年就换班主任了。结

果,初三的班主任又是大畑老师。"佐野!又要来了呀!"男生大笑。而我目瞪口呆。

一天,讲台上有脚印。肯定有人穿着室内鞋到室外去了。"谁,谁干的?"怎么可能弄清楚是谁干的。老师满脸通红,说:"谁踩的脚印,把手举起来。"怎么可能会有人举手。老师的脸涨得更红了。

"谁都没踩,脚印哪儿来的?"

"佐野,把你的鞋拿上来。"我提着一只室内鞋走上讲台。老师拿着鞋子比了比脚印。"看,大小一样!"同学们哄堂大笑。老师也满足了。明明不是我干的,可我并不生气。

我笑呵呵地拎着那只鞋回到座位上。同年级女生的脚差不多都一样大,老师应该也知道。那时我觉得老师吼归吼,却并不讨厌我。也许他把我当成眼中钉的同时也在有些地方纵容着我。也许他知道不管怎么吼我,我都不会讨厌他吧。

脚

　　每周日,我都去父亲的一个同事家学画画。这位老师是个雕刻家,为了参加日本美术展览会,一到暑假,就只穿着一条短裤揉黏土,举起木槌咚咚咚敲凿子。我来了好几年了。最初只有我一个学生。上初中后,也有老师任职的学校的学生来画素描,备考艺术大学。即使学生多了,我在其中仍然还算小孩,到了中午,老师和师母只把我叫到餐厅,我拿出自带的便当和老师的家人一起吃饭,他们还会做红豆年糕汤之类的东西给我吃。在我看来,画素描的学生已经是正儿八经的大人了,我从来没有与他们说过话。

我记得有个高中生叫高木。高木又高又瘦,看上去文质彬彬的。同班同学说些低俗的话,他不得已配合着笑笑,自己却从来不说。我和高木也没有说过话。那时我已经上初二了吧。高木骑自行车来老师家,我是坐公交再换乘电车去上课。

一天傍晚,老师对高木说:"你载洋子走吧。"直到现在我都觉得,骑车带上既不漂亮也不可爱的我,肯定是个麻烦。当时也是这种感觉。虽然高木只是个高中生,却很绅士。挺拔的高木把自行车推到门前,跨在车上说:"坐前面吧。"后座可能坏了。坐在前面,像被他环抱住了一样。我就这样坐在自行车上,只敢低头朝下看。我看见了高木的脚。高木赤脚穿着木屐。那双脚时隐时现。脚趾纤长,很好看。

转眼就到了车站。我用敬语道谢,坐上了电车。我第一次见到一个男生的脚趾长得那么好看,觉得高木太好了。第二天上学,我跟桃代说:"喂,我发现了一个特别好的人。他的脚趾非常好看。昨天,我坐他的自行车,看见了他的脚。"桃代高兴得哇哇叫,问:"叫什么名字?""高木茂生,生命的生。"我记住了自行车上写的名字,"他初中就是咱们学校的。现在上高二,要是他再小一岁,我们就能跟他同校了。""跟我来。"桃代拉着我去了图书馆。在存放学生作文集的地方,她抽出一本,念叨着"高木茂生,高木茂生",然后说"找到了,找到了"。一篇很短的文章,题目是"妹妹的病"。我俩一起读完,对视一下,然后桃代才开始放声大笑。

"'妹妹病了。我去买冰。回家时天已经黑了。'什么玩意儿,真傻。"桃代说。桃代着迷的是秀才那种类型,所以觉得我傻透了。"可是,他素描画得特别好。听说学习也不错。"

我的眼前浮现出高木骑车去买冰的情景:夕阳下的护城河畔,他赤脚穿着木屐,纤长好看的脚趾轱辘轱辘在转动。连傍晚的风都温柔地吹拂着那双纤细好看的脚。我说:"男人嘛,作文不好有什么关系。人家以后可是建筑师!"

高木果真考上了艺术大学。坐自行车这种事,在我身上只发生了这一次。

书

那时《安妮日记》出版,成为轰动一时的畅销书。不过我没有,因为我家从不会花钱买新出版的儿童书,另外我想着好朋友桃代肯定和我一样,也想看《安妮日记》。一天,桃代说"买到了,买到了",兴高采烈地把那本闪闪发光的书拿来了:粉色封皮上印着安妮的照片,很瘦,眼睛大大的。

桃代的书,等她看完了我就能看了。想到这儿,我就兴奋不已,抱住她说:"让我看看,让我看看。""我昨天才买的,没看几页呢。你等着,我很快就看完了。"十五分钟的课间休息,她在露台上晒着太阳埋头看《安妮日记》;午休时也是,靠着学校的板墙,全神贯注地看书。我黏在她身旁守着,看她读到了第几页,盘算着自己再等几天就能看了。

就在她读到三分之一的时候,一天午休,桃代又像前一天一样埋头读《安妮日记》。这时,M君从她身旁经过,抽起书,瞄了一眼封皮就拿走了。桃代哀号一声,大喊:"干吗,还给我!"M君不为所动,走进教室,横坐在座位上,一只脚翘到桌子上,从第一页开始看了。桃代走到M君旁边,都快哭了,说:"我还没看完呢,还给我!""别嚷嚷!"M君说完,眼睛就再没离开过《安妮日记》。

M君有点特别,歪戴个帽子,没事踢踢女生,还敢怒狠狠地瞪老师。所以,他说"别嚷嚷",我们就不敢吭声了。我可能比桃代还担心。我一页都还没看,而被横刀夺爱的桃代整天惦记着安妮将会面临怎样的悲惨命运。M君在上课时也敢光明正大地掏出《安妮日记》,放在桌子上看。一放学,他就把书装进帆布书包,无视桃代怨恨的目光,吹着口哨走出教室。我们像两个可怜兮兮的善良市民,惨遭恶匪欺压,太悲惨了。

第二天,M君刚到学校,桃代就说:"把书还给我!"M君说:"别嚷嚷!"同样的对话,持续了好几天。我们开始害怕,M君不会不还书了吧。

那是多少天后的事呢。我们觉得过了好久好久,或许也没有那么久。

一天,M君把《安妮日记》扔到了桃代的课桌上,说:"挺好看哪。"

我确实讨厌M君,可是当书被还回来的时候,我不仅安下心来,还对M君多了一分好感。那是一种共情——那句"挺好看哪"说明,我们和M君共享了《安妮日记》的感动。

上学时也好,毕业后也好,我和M君几乎没什么交集。不过,我至今都很喜欢"别嚷嚷"的M君。

名字

中学女生犹如一个发情的小动物集团。

每个女生都有喜欢的男生,却没有一个人能亲近喜欢的男生。要么暗自苦闷,要么跟女同伴袒露一下心事,于是成了好友间的秘密。学校里充满了秘密。

桃代有一块黑色垫板。把垫板朝明亮的方向倾斜,就会看见一面密密麻麻的铅笔字:木村聪。

我把图书馆的书从头开始一本本打开,只为在借书卡上找到"海野康雄"的名字。我看见他的字迹便心满意足,拿着书走向借阅处。

有女生在停放自行车的地方鬼鬼祟祟地东

瞅西望,然后飞快地摸一下自行车上的男生名字。

午休快结束时发生了一件事。泰子手拿着黑板擦做遮挡,在黑板上写了什么。有个男生从那里经过,碰掉了泰子手里的黑板擦。黑板上用粉笔工工整整、方方正正地写着一个小到不能再小的名字——增田悦男。那字写得用力又谨慎。大部分同学已经回教室了,泰子本打算写完就擦,还特意用黑板擦挡着,结果还是被看见了。

在男生的嘲笑声中,泰子一直把脸埋在胳膊里。

班上的女生应该都会对泰子的痛苦感同身受。

我们是发情的小动物,却无计可施。

只有名字可供自由发挥。写名字,是唯一可以实现的爱的行为。

性

初中时,学校组织看了一部电影,名叫《欧洲的某个地方》,讲的是一个青年独自带着一群二战中的战争孤儿,躲避战火,四处流浪的故事。中途,一个年龄稍大的少年加入进来。他其实是个女孩,被纳粹强奸了,后来就女扮男装开始流浪。有一幕是少女对当时情景的回想。一群士兵乱哄哄地闯入少女家,将她带进一个房间。镜头只给了门一个特写,转而就切换成其他场景。我那时当然还不知道强奸这个词,也不知道房间里具体发生了什么。但是又好像知道。我之前其实不太懂,可能因为看了电影,好像就懂了。

第二天在校园里除草时,朋友特地压低声音,问大家:"你们觉得,那时候那个房间里发生了什么?"询问中莫名透出一种猥琐的味道。我猜测,她肯定觉得大家都知道是怎么回事,所以故意问的。

有人说,不知道;有人说,难道不是在打她吗;还有人说,就是被关进去了嘛。我总感觉这些回答不太诚实,同时又觉得可能大家真的不知道。

我从那时开始就是知无不言、言无不尽的个性。"我知道。他们在那里干生宝宝的事。"我确凿地说。虽然具体怎么回事我也不清楚,但是坚信就是这么一回事。大家齐声说:"不是。""就是。"我坚持。"那,我去问问我妈。""不信去问。"不知怎的,都要吵起来了。

第二天,朋友过来找我,"我妈妈说不是。她还说,佐野你太早熟了,不让我跟你玩了。"说完就走开了。

我觉得朋友的妈妈在说假话。我至今仍觉得那个朋友应该知道是怎么一回事吧。明明知道却假装不知道地继续聊天,这就是女人的文化、身为女人的方法吧。直率在其中就是异质。

杂技团

小时候,我打心底里向往的职业就是去杂技团里耍杂技。

父母总是吓唬天黑了还在外面玩的小孩,说,会被人贩子拐卖到杂技团去。我却总想着,要是人贩子能来把我拐走就好了。

我总觉得自己能在杂技团里出人头地,就算学杂技有吃不尽的苦,那也是应该的。我跟父母说过想进杂技团的事。他俩都说,杂技团虐待小孩,不让吃饭,没时间玩,还会把瘦得皮包骨头的小孩关进笼子里。我听了半信半疑。

我比哥哥还擅长爬树,不怕高,而且喜欢从高处跳下来。上小学前,我看着一起玩的男孩子们从森林里的树上或大石头上跳下来,就总想从什么匪夷所思的地方跳下来。站在让人目眩的高度,起跳前的深呼吸让我紧张,也让我兴奋。

荡秋千,我总是荡得很高很高,时常在离天空很近的地方翻过去,完成一周转。眼珠上下翻,像咬舌头咬不断一样咬紧牙关,脸颊上的肉扑棱扑棱飞到眼睛上面。

转完之后从秋千上下来,心跳如鼓。

骑自行车,端正地跪坐在车座上,然后大撒把。

都上到五年级了,我还是想进杂技团。不知是谁说的,杂技团的人骨头都得很软才行,喝醋能让骨头变柔软,杂技团的人每天都喝醋。晚饭后,我总是独自收拾碗筷。洗完碗,倒四分之一杯醋,每天坚持喝。喝完,叉开腿站在榻榻米上,身体前屈,测试身体是不是真的变软了。我也不知道有没有变软,只是想着得坚持下去,于是从不间断,继续在昏暗的厨房里偷偷仰天饮醋。

家旁边有一个战时用混凝土筑成的蓄水池。研钵形的池子,水总是积贮在底部。男孩们喜欢张开手臂,在研钵池的斜壁上飞速疾跑。脚步稍微放缓,就会掉进水里。要想在斜壁上飞跑,必须先在池沿上急速助跑一两圈,然后瞅准一个绝妙的时机滑入内壁。滑进去不容易,进去之后再找上来的时机更难。

我认真观察男孩们的动作,开始光脚挑战。成功时,那帮淘气的毛小子全在为我鼓掌。试一下才发现没什么了不起。后来,我开始穿木屐在上面跑,脸上挂着无聊透顶的表情。

直到初一那年暑假搬走,我都很喜欢在研钵池里跑上跑下。

张开手臂在研钵池里飞跑的时候,我心想自己肯定能胜任杂技团的工作;端正地跪坐在自行车车座上的时候,我思忖着这种档次的技术在杂技团里恐怕根本拿不出手。我从没看过杂技表演。流浪,扎帐,悲怆的音乐,马戏团华丽又苍凉的生活并不是我的兴趣所在。

我只是想无限挑战危险又惊悚的技艺。就算别人指责我是疯丫头,没有女孩样儿,也无法让我放弃那种惊悚的快感。

上初中后,连男生都不再爬树了。不知从什么时候开始,我也不再喝醋了。生活是和朋友袒露小女生间的秘密,争论《飘》里的白瑞德和阿什利谁更好,还有吭哧吭哧地准备考试。裙子的长度远远盖过膝盖,毕业也近在眼前了。中考过后紧接着就是毕业典礼的日子。课早早就结束了,我们坐在教学楼前消磨时间。一只大汽油桶在教学楼和图书馆前滚来滚去。不知道它一直都在,还是单单这天在那里。我心想,爬上去,掌握好平衡走碎步,说不定就能玩成杂技踩球了。

"都看着,我要表演杂技了。"我对朋友说完,

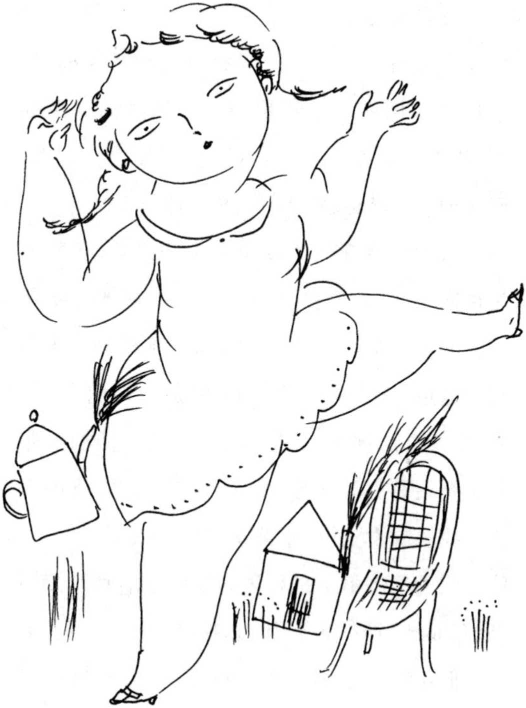

脱掉鞋子,爬上汽油桶,缓缓地站了起来。汽油桶摇晃了起来,前一下后一下。

我想朝前行进,于是身体微微向前晃,结果汽油桶向后滚了。我的双脚只能顺势朝前滑,于是汽油桶朝后滚得更厉害了。汽油桶滚啊滚,我想停都停不下来,双脚止不住地向前滑,汽油桶也滚动得越来越快,根本停不住。

汽油桶轱辘轱辘发出巨大的声响,等我回过神来,发觉自己已经滚到还在上课的低年级教室前了。那些学生不再听讲,齐刷刷地扭向窗户这边,连老师也走下讲台看我。我停不下来,也没办法加速,只能涨红脸,在汽油桶上张开手臂,保持好平衡,踩着碎步从那里滚过去了。我从来没觉得一间教室居然那么长。

汽油桶停不下来。我只好让它滚到连接图书馆和教学楼的走廊那边,撞到板墙上停了下来。低年级的学生从教室里探出头来,教室里笑声一片。

最丢人的时刻,是我撅着屁股从汽油桶上下来的时候。轱辘辘地踩着汽油桶打转,只是丢人而已,可是撅着屁股从上面下来的时候,那副样子真是狼狈不堪,惨不忍睹。那一刻,儿时那种纯粹又痛快的惊险感荡然无存。杂技团的梦也随童年一同逝去了。

我绕回到朋友身边,好朋友桃代说:"真傻!"

秀才

我永远都在单恋,单恋止于单恋,一个都没实现过,全成了往事。

初三那年,我迷上一个八字眉、面色苍白的秀才。吊单杠也好,跳箱也罢,他都表现得不情不愿,狼狈窘迫,身上没有半点儿男生的蓬勃朝气,不过他爱读书,一考试就能考出惊人的高分。我大概就是喜欢学习好的人。就算他的眉毛长成倒八字,绿个脸,性格是紫色的,我可能也不在乎。我从来没有和他说过话,只是一次次去图书馆借他借过的书,回家后,满足地在同样的纸页上追随可能被他同样读过的文字。

初三的女生,要是没有喜欢的人是说不过

去的。谁喜欢谁,大家都心知肚明,不过却没听说过谁跟谁约会了。

好朋友桃代痴迷一个大人物,号称有"三十六个情敌"。"刚才,在喝水的地方,我坐到K旁边了,肩膀轻轻碰到他啦!"她红着脸倒进我怀里。

我和她并排在走廊上走,如果她突然身体绷直,表情异样,那么朝远处一望,就能瞥见高挺的K。

一次,桃代说:"跟你说,山下好像喜欢UN。她在教室门口碰见他,脸一下子通红。绝对有情况。"我终于也有情敌了。我把山下叫到露台上,问出了实话。从那时开始,我便对山下产生了一种特别的友情与连带感,山下仿佛是另一个可爱的我。

一次大扫除,山下走到我旁边,悄声说:"刚才在水桶里,我碰到UN的手了。""天啊,哪儿?""这儿。"我像触摸贵重物品一般,小心翼翼地摸了摸山下那只被 UN 碰过的手。

教室里,老师只要叫秀才起来回答问题,我和山下就会害羞地互望一眼,听到他出色的回答后感觉骄傲又满足。

我俩正在走廊上走,结果撞见秀才趿拉着室内鞋从对面走过来,我俩紧紧握起手,满脸通红地低下头。过了一会儿,又都心满意足地笑了。

临近毕业了。

我们在生活课上学做甜甜圈,老师说女同学可以把自己做的甜甜圈送给男同学吃。我和山下分别做了一个甜甜圈,决心要一起送给秀才同学。等回到教室,男生们正窃窃自喜地等着甜甜圈,而我俩的恋人已经麻溜溜地回家去了。我俩商量了一下,决定把这两个用纸包好的甜甜圈送到秀才同学家。下着雨,很冷。我俩撑着一把伞,心扑通通乱跳,拿着甜甜圈走在护城河旁的小路上。

终于到了秀才家,我俩互望一眼,谁都没有勇气敲门。绕着秀才家转了一大圈,雨点打着冻僵的手,拿伞的手也轮流换了好多次,然后又走回到护城河旁。包着甜甜圈的纸已经浸满了油,最后我们把它们放到了秀才同学的衣帽柜里。

毕业典礼那天,我和山下拍了一张合影:我俩肩靠肩,头顶头,胸前抱着白色的毕业证书。

热情

"稍微,你稍微热情点儿能怎样?"父亲老是这样说我。在父亲期望我能学得热情点儿的时期,我却是个异常冷淡的姑娘。我总觉得热情像撒谎似的。有的人,我不想对他笑,就笑不出来。

没完没了地聊天气,拼命夸孩子,拼命夸老公,说别人的衣服好看,我知道这种人说的都不是真心话,所以太蠢了,我绝不这么干。既然不这么干,家里来了客人,我只说一句"你好"。客人也没话好接,无话可说,我便直接钻进自己房间不再出来,直到客人离开。

父母让我上茶,就算我端茶过去,也是默默

把茶放在桌上,再默默地拿着托盘出去。客人偶尔会泛泛地客套几句:"上学怎么样啊?好玩吗?"我也不知道怎么回答才好。因为上学好玩,也不好玩。好玩分好多种,不好玩也是各式各样。这哪是一句话能说清楚的事呢,我为难地"呃"一声,僵硬地笑笑,这点儿勉强挤出来的笑意贴在嘴边,像嘴疼似的,表情也变得暧昧不明,那样的我一定很窘迫。

　父母经常说,礼貌问好,是教养的第一步。明明出自同一个爸妈,大妹妹对人就格外热情。客人一来,她便高高兴兴地去端茶,明明小我六岁,却比已经上高中的我还擅长端茶倒水。若是客人来时父母不在家,她便跪下,双手端放在裙子前面,说:"父母刚巧不在,您有什么事吗?"应答时圆嘟嘟的脸上挂着盈盈笑意,她还很会附和,最后以一句"真是不好意思"顺利收尾。大妹妹做这些时一点儿都不别扭。她哪会觉得别扭,简直是得心应手,高兴都来不及。

父母不在家时，我一听见有人说："不好意思"，就赶紧喊："道子，道子"，然后拉上门，屏住呼吸。等客人走了，她知会我一声："姐，没事了。"我明明觉得自己好没出息啊，却还是会对她放狠话："你啊，就爱出风头。"妹妹圆溜溜的大眼睛里涌满眼泪，她怒冲冲地瞪着我，一副要瞪到永远的架势，可是一听见又有客人来了，就赶紧又把我推进了房间里。

一天，我正屏息躲在一个用来招待客人的房间里，结果客人进屋了，说要等母亲。我慌忙打开房间里的壁橱，爬到了被子上面。拉门还差三厘米就能关严的时候，客人进来了，坐在了壁橱前面。妹妹淡定地绕到客人身后拉上了壁橱的门。

我说妹妹爱出风头，然而她并不是爱出风头，只是顺应天性罢了，自然而然就会那么做。我顺应天性，只会自然而然地爬到壁橱里的被子上去。

她四岁时跟父亲回过一趟老家。大伯做副村长之类的工作,凶巴巴的,令人生畏。谁到他面前都得点头哈腰,放低姿态,大伯也觉得理所当然,一派西乡隆盛般的气势,让人感觉难以接近。我从没见他笑过。

四岁的妹妹小步朝大伯跑去,坐到了他的腿上。周围的人都大吃一惊,为她捏了一把汗。然而就在大伯既无措又不情愿的时候,妹妹已经开始摸"西乡隆盛"夹杂着白胡子的胡须了,然后又绕到后面摸他的头发。

"这孩子真热情。"大伯一直很喜欢大妹妹。

热情这种能力,可能学也学不会吧。或者,像我这样的人可能更应该鞭策自己,努力再努力吧。

弟弟

我的肚脐旁至今仍留着一个小小的椭圆形牙印。

那是小时候比小我三岁的弟弟咬下的纪念,老实的弟弟在忍无可忍的情况下,将积怨已久的不满一口气发泄了出来。

我的发旋一侧有个小小的月牙形秃块。弟弟咬我的头,把头发都扯下来了。

肚脐旁被咬出牙印也好,头上留下秃块也好,我都觉得弟弟就是弟弟,是我的手下,再怎么打架都不会弄到把他打哭的地步。

不过,要是他在外面被人欺负了,我肯定恶狠狠地冲过去,怒冲冲地瞪着欺负弟弟的家伙,用低得吓人的声音质问那人:"喂,你,哪年生的?欺负这么小的小孩儿,不觉得丢人吗?"

我逼问着目空一切、浑身沾满泥的男孩,身旁的弟弟用黑乎乎的拳头擦擦眼泪,脸上混杂着有姐姐撑腰的安心和被身为女孩的我挺身相救的屈辱。

我乐于扮演把哭泣的弟弟从小土匪那里带回来的强悍又温柔的姐姐,有时我会分外温柔地将手搭在弟弟肩上,有时则是趾高气扬地率领弟弟归来。

上高中后,我就不再和弟弟打架了。

复读那年的冬天,我和弟弟同住一个房间,两句不合打了起来。我俩好几年没有打过架了。弟弟已经蹿得和我一般高。扭打到一起的瞬间,我就知道,打不过,打不过了,弟弟长大了,手臂和肌肉都充满男子气魄,我打不过他了。

从什么时候开始变成这样了呢?我在真正拿出力气跟他扭打之前,也就是像拳击开始前先轻蹦几下作为试探的时候,说:"喂,等等,先打住。今晚再跟你决一死战!"弟弟答:"行啊。"

那句"行啊",说得从容不迫,让人害怕。

"去哪儿?"他从容地追问。

"铁舟寺,铁舟寺的铁树那里。"

"几点?"

"七点。"

"行,等着你!!"

我已经不打算再跟他撕打了。

那天我跑去朋友家,玩到深夜才回家睡觉,没有和弟弟打照面。

从第二天开始,我很自然地对弟弟恭敬了起来。关于我在决战之夜逃跑的事,弟弟只字未提。

「爱之梦」

高中时看过一部李斯特的传记电影,名叫《爱之梦》。具体内容已经记不太清了。

李斯特长什么样,他的恋人玛丽·达古伯爵夫人是谁演的,都不记得了。

只有一幕爱情场景鲜明地留在了记忆里。画面分成上下两部分,赤红与墨黑,红的是晚霞,黑的像河堤或草原的剪影。

正中央出现一个小小的女人剪影,她穿着短裙,男人从右手边跑出来。他离得很远,跑啊跑都跑不到正中央,《爱之梦》震耳欲聋地、戏剧般地奏响。男人抱住女人的瞬间,像黄金骷髅侠一般翻转披风,将女人紧紧裹住。多做作啊,当时的我却看呆了,再也忘不掉。

并不是只有我被这种低俗的趣味击中,看过这部电影的朋友全都迷上了。在学校,从对面跑过来的朋友在到达我面前之前,会绕着肩头挥舞手臂,扭动腰肢,鼓起短裙,然后扬起下巴,停顿几秒。学校的走廊下尽是短裙扬起灰尘、下巴仰朝屋顶的女生。

过了几年吧,没有男生缘的我第一次遇见了一个喜欢我的男生。我也弄不清楚自己喜不喜欢那个人。他个子很高,长得也帅,给人感觉很舒服。要说不喜欢的理由,一个也没有。

那时,我没有跟谁谈过恋爱,没有对谁有过特殊的情感。男男女女叽叽喳喳凑在一块,总是一群人一起玩,所以两个人单独见面时那种特殊的气氛很稀有,他约我,我赴约时总是心怦怦跳。如今想来,并不是因为喜欢那个人心才怦怦跳的,而是那样的情况让我的心怦怦跳。

我和那个人见了十一次。为什么会记得这

么精准呢,因为我在零钱记账本上做了记录,在"拉面三十五日元"之类的账目旁标记下了星号。

第十次约会时,我们去多摩川划船。划着船,我还在苦恼,不知道自己是否喜欢这个人。我们把船靠在岸边,走到河堤上坐下来。夕阳西下,天空通红。我们应该变成剪影的。

那个人哗一下解开宽大的围巾,突然抱住我的肩,说了什么。他的额头和好看的鼻子也被染得通红,格外动人。那时,也不知道为什么,我忽然想起李斯特的爱情场景。于是,我变成了两个我——坐在河堤上的我和像看电影一样远远注视着这一幕的我。接下去的瞬间,我躺倒在地,放声笑了起来。此时此景,与那一幕美好的爱情场景既相像又不像,我觉得这既不动人也不美丽的场面特别可笑。

我更加觉得那个人只是帅罢了。

第二天的第十一次约会,我和他分了手。后来,他对我的朋友说:"那就是个小孩。"

老师

　　我黏在背诵九九乘法表的哥哥的一旁,等上小学时,不仅学会了九九乘法表,还认了不少字。我一直觉得,老师要是早些知道我有多聪明该多好。老师要是知道我是个聪明的孩子,可能就会喜欢我吧。

　　第一次听写测试时,我听写得入了神,十分亢奋。想着自己肯定能拿满分,老师却唯独没有收我的纸。因为我桌上的课本是打开的。我太兴奋了,没有听见老师说必须合上课本。回家路上,我把印着桃太郎的听写纸撕碎扔了。

　　休息时间,只有我被留在教室里。因为上课时我站到椅子上轱辘辘转了一圈。

我喜欢那个穿荷叶边碎花衬衫的老师,而她似乎并不喜欢我,因为某种理所当然的理由。

我一直也有理应被喜欢的理由吧,却几乎从没被老师偏爱过。还有,我嫉妒那些被老师偏爱的人。

随着年龄的增长,我认为这是一种不公。

比起偏爱某个学生的老师,被偏爱的孩子更是助长不公的共犯。

我恨恨地对那些白净、温顺又可爱的女孩放狠话:"老师偏心,老师偏心。"她们困惑又伤心地垂下目光。就算她们仰天求救,也不会有人伸出援手。

即使上了高中,我和小时候也并无两样。不过,我已经不在意谁会被老师偏爱了,也没有人再排挤被老师偏爱的朋友。

整节课从头到尾趴在桌子上睡觉的人,摞起课本读小说的人,在课桌下面打开便当的人,这种事一一揭发的话,课就没法儿上了。

我不喜欢数学,但也没有趴在桌子上睡觉的胆量,所以是个非常普通的学生。虽说不喜欢数学,但也没太在意数学老师。

那个老师写起粉笔字一丝不苟,震得黑板吱呀吱呀晃,一字一猛顿,粉笔啪啪直断,断掉的粉笔绝不会再用。

单身,却永远穿着雪白的室内帆布鞋。

我有次上课没听懂,就问了一下。

"不是才讲过吗,没听见吗?"他没有理会我,直接进入下一题。教室里鸦雀无声。

我感觉到他并不是不想理会我的问题,而是故意不想理会我这个人,而且他好像一直等着有个机会表现出来。

我有一种"哦……这样啊……"的感觉,觉得很丢人。

一方面那个老师不是我的班主任,另一方面即便我不喜欢数学,也不会考得垫底,所以就算他这样对我,我也没有想过反抗。

一天,酒屋家的女儿带来了一样东西——给酒瓶盖套上橡皮圈做成的耳饰。我要过来玩,坠在了耳朵上。开始上数学课时,我摘下来,套在左手手指上,接着就把这事儿给忘了,也没有意识到手指上还坠着东西。

我专心致志地记着笔记,没有注意到垂在手指上的瓶盖撞来撞去,丁零零在响。

"谁?敲钟哪!"他说这话时还不知道是什么声音。我这才意识到是自己的手指在丁零零响,吓了一大跳。

"离敲钟还远着呢。"

我赶紧把橡皮圈捋下来。又是一阵丁零零。

"佐野,你就这么不喜欢上我的课吗,出去!"我确实是不小心,不是故意的,可是教室里一片静寂。我正想着到此就别再追究了,结果老师又说了一次:"出去。"

我一看,他气得直哆嗦,脸都青了。出去的话,后面很难收场,于是我坐着没动。

"出去。"他低声说。无奈之下,我只好出去了。全校都在上课,走廊上一个人都没有,我出来了也不知道去哪儿好。下一节上课的教室还空着,我就去了那里。说不清为什么,眼泪流了出来,我用教室里的白窗帘擦了擦眼泪。全是尘土味。

我既后悔自己太不小心了,又觉得丢人,认为自己弄出丁零零的声音让老师生气很不好。

从那以后,我格外小心,努力保持安静,可是只要我在,老师好像就很烦躁。在走廊上碰见了,他比我还紧绷。后来毕业,我来了东京。

一天,我下地铁时看见数学老师正立在站台上。毕业两年了。我感觉分外亲切。脸上一定全是笑。

"老师!!"我大声打招呼。

老师立即绷起脸,"啊"地应一声就上车了。空留我愕然地立在原地。

那时,第一次,我突然生气了。我知道自己

的手在抖。在课堂上被老师吼的时候,我没有生气。我觉得是自己错了。但是刚刚,我生气了。

这样啊,老师讨厌我吧,讨厌到看见我的脸就不高兴,明白了,那么久没见,他也不会忘了酒瓶盖丁零零响的事,不会看见我感觉很亲切。

我明白了。

既然有"偏爱",当然就有它的反面。世上有无论做什么都会被喜欢的孩子,那么就有无论做什么都会被讨厌的孩子,这也不稀奇吧。偏爱有什么不好呢?

想一想,上小学时,总会有小孩被没来由地痛揍一顿。那只是偏爱的反面罢了。人都有好恶。

我理解到恋爱就是极致的偏爱。

人是温柔的,温柔到会偏爱另一个人。

世间多的是恋爱中的人。

神田川

记得第一次去人称"研究所"的艺大预备校,是一月初。我没考上大学,于是来了东京。

教室里画架林立,杀气腾腾,走进去,我整个被震住了。教室里有四处地方摆着鲜花、牛蒡和水桶,大家正用铅笔写生。我怯生生地坐到教室最后的角落里,拿出自带的纸。展开卷好的画纸,只有别人的一半大。画纸即使被图钉钉在画板上,依然会呼啦啦地起起伏伏。其他人是用胶带啪啪把纸贴在胶合板上,在绷平的大画纸上画画,我从没见过画得那么好的画。画法完全不一样。观察他们的外表,男孩也好,女孩也好,表情和我不一样,穿着不一样,言谈举止也不一样,最重要的是个个仪表堂堂,充满自信,从容又开朗。

我不敢动笔画,也没有胆量到处走走观摩一下别人的画法,只能偷偷摸摸地在那小小的一张纸上僵硬地划拉着铅笔,根本没心思好好观察牛蒡和水桶。蔫巴巴、黑黢黢的牛蒡和水桶悲惨地摆在面前,我不知道什么时候才能画好,画到什么程度才算可以,只是涂着纸,涂到没有空白为止。我不想让任何人注意到我,去掉图钉,卷好画纸。这时天已微暗。

走到御茶水的桥上,往下一看,乌黑的河水黏黏地泛着光,也不知道是不是在流。水面上漂满脏兮兮的垃圾。我盯着水看了一会儿,展开手中的画纸扔了下去。画纸翻个面,坠落了许久许久,掉在水上。纸看上去很小,白得晃眼。脏兮兮的垃圾中,只有翻了面的画纸是雪白的。雪白的正方形画纸缓缓地、缓缓地漂了起来。

我的自信和傲慢也变成雪白的画纸随着脏

兮兮的垃圾一同漂走了,同时那张糟糕透顶的画也掉下去漂走,不再是我的了。

不用说,我没考上。我觉得这是理所当然的结果,于是又上了一年研究所。我学会用水裱法在胶合板上贴纸,也交了许多朋友。才过了半年,就在研究所里混得如鱼得水,一副独当一面的样子,还会对朋友的素描进行品评。

经常有人和过去的我一样怯生生地溜进教室。他们低着头,找个最靠边的角落支起画架,像商量好似的拿出卷好的、一半大小的画纸,用图钉固定好,没过多久便收拾东西,悄悄溜走了。就像当年没有人跟我打招呼一样,我也不会去招呼他们。平时也想不起来,但是每每这种时候,那张雪白的纸——随着浮满黑色垃圾的神田川流走的画纸,就会浮现在我眼前。

朋友

我高考落榜,自然成了没学上的浪人。很自然地去上了预备校,却在预备校里自然不起来。

那是御茶水的一所美术学校,人称"研究所"。研究所让从恬静的东海地方出来的我有点发怵,因为周围人的身上都散发着闲散又时髦的东京味和都市范儿。另外,每个人的作品都像是另一个世界的人画出来的,如同施了魔法,而且复读好几年的男生简直就是大人了。

我在画架前坐了一整天,没有跟任何人搭话。我觉得,要想跟人交朋友,就不能抱有过分的期待。班里有些漂亮的女孩,顶着一头华丽的小烫卷,涂着口红,脚踩高跟鞋。我穿着水手服改成的无袖连衣裙,装作没有看见她们和男人一起去吃饭。或者,五六个人边笑边吐槽,一同评论一件作品,我看了打心底里羡慕。不和任何人讲话的我坐在画架前,时不时瞟一眼这群人,恐怕目光里尽是渴望吧。

一天,我去办公室的窗口买素描用的面包。厚切的吐司面包,一半五日元,软的部分可以擦木炭笔,当橡皮用。

我走出研究所的正门,果然看见平日总是独自一人画素描的那个女孩正倚着柱子站在那里。这女孩身上不知哪里还保留着一点儿高中生的感觉,藏青色的无袖连衣裙搭配博柏利短款风衣。厚棉袜的袜口利落地卷起着,平底鞋,瘦细的脚踝格外迷人。

想不起来是谁先打的招呼,我也好,她也好,都没有朋友。那是个温暖又晴朗的日子。木炭笔很容易弄脏衣服,所以我俩的脖子上都还系着大围裙。

我们就穿着围裙去散步,沿着御茶水大街朝下走。

这是我第一次跟人成为朋友,她没有烫小卷,没有涂口红,脚步声很潇洒,同时又是个很有东京味的人,所以我开心得不行,迅速就跟她熟络了起来。

我俩走进骏河台下的《主妇之友》会馆,穿过卖衬衫和手帕的柜台,再往里走,居然有一间现代厨房。厨房的桌子上摆着一个黄色的重磅蛋糕,被切成了八等份。

"这个,是真的?"

"啊,是真的。"那是旧面包,有些发干了。

"把这个拿走?"我们环视一下四周,但我真的是开玩笑。

她迅速拿起两片,包进围裙里。我顿时对她心生敬佩。我们在成为通天大盗的喜悦和惊险感里逃出了《主妇之友》会馆。

回到研究所后,两人放声笑了起来。我们一人吃了一片被她紧握在围裙里,变得温温的、皱巴巴的重磅蛋糕。

吃完,我确信我们绝对是朋友了,一起偷过东西,就是朋友了。

果然是这样。

女子宿舍

我住过一个仅限女生的女子宿舍。宿舍里住了七八十个从不同学校来的女生。唯一的男人是年过七旬的宿舍长,尖鼻子,像鹰一样,凶得不得了。门禁是晚上九点,外宿要申请,晚归又是严令禁止的,所以回来晚的人只好偷偷从窗户爬进房间。不过,还是会被发现,第二天就被凶巴巴的宿舍长叫过去了。

可能我看上去像小孩儿,这个鹰一样的老爷爷总是说我是"好孩子,好孩子",于是我故意装成小孩,晚上却跑到食堂偷面包,过了十一点抱着凉鞋和洗澡桶跳窗出去,到澡堂洗澡。

宿舍里什么样的人都有。有个十八岁的女

孩,刚从淡路岛来东京,一到晚上,就抱着一条哈密瓜色的大浴巾来我房间,说"我想妈妈了",接着潸然泪下。我彻底摆脱了对父母的依恋,离家也没那么远,所以不太理解想家这种事。我从未见过的遥远岛屿上的树与风,还有老屋里的"妈妈",在我身上唤起美好、亲切、酸酸甜甜的眷恋,让我也忍不住开始想家,想裹着浴巾哭一场。

真里的隔壁住着一个学医的实习生。那人已经是个大人的模样了,来找她玩的人也都是像模像样的大人。房间是用胶合板隔开的,隔壁房间说什么,真里房间里听得一清二楚。

"他说:'你的嘴唇真凉。'"

我和真里咽了咽口水,突然在严肃的气氛和好奇心下僵住了。嘴唇很凉的人苦恼地叹口气,出去了。

到了考试季,宿舍里杀气腾腾。有人一边碎碎叨叨地嘟囔着德语单词,一边像熊一样在屋里踱来踱去,也有人每隔五分钟就大吼一声:"安静"。

那是一个风雨大作的日子。有个人摸了一下被雨浸湿的墙壁,浑身发麻,惨叫了起来。不知道哪里漏电了,鹰一样的宿舍长赶紧拉下电闸,给供电公司打电话,宿舍里一片漆黑。办公室前传来一阵吵嚷声,我就住在办公室前面的房间,出来一看,住在宿舍里的办事员拿着蜡烛,面前正站着一个吵吵嚷嚷的人。"赶紧通电,明天有考试。"

办事员说,供电公司的人说必须断电,明天才能通电。"可是明天有考试,请把电通上。"通电可能会引发火灾,而且说不定还会有人触电。尽管如此,那个人还是坚决不让步,"赶紧通电。我那屋没事儿。明天考砸了,麻烦就大了。"

我觉得,这种人多半会成为一个好太太吧,不惜一切地只守护自己的孩子,为了自己的幸福与世间万物作战。

热狗面包

我十九岁时住过一个大型女子宿舍。只铺了一张榻榻米的狭长房间里,放进去一张固定好的床和一张桌子以后,人都很难挤过去,墙壁雪白,照不见太阳。真里的房间在半地下室。窗户开在离天花板很近的地方,窗外的人来来往往,从屋里只能看见他们的脚。

门禁是九点。深夜,总有脚和屁股从那扇扁平的窗户闯进来,为了把人从天花板上运下来,真里只好让她们骑在自己脖子上。一些风情万种的朋友,屁股怎么都钻不进来,对面派出所里一直看着这一幕的巡警,还会过来推一把。夜里沿街叫卖的拉面小摊经过时,我骑在真里的肩头接过大碗,急匆匆地吸溜着面条,卖拉面的大叔继续在窗户旁吹笛子,屋里只能看见他的脚。

只有特别有钱的时候才能在夜里吃上拉面。夜里肚子饿的时候,我和真里会偷偷摸摸地潜入食堂偷涂着红糨糊般果酱的热狗面包。等翻回床上,我感觉自己仿佛成了冉阿让。横躺在床上就能看到的地方,被我横七竖八地贴满了从美国杂志 *McCall's* 上撕下来的美食图片。除此之外,我的房间里没有任何装饰,一枝花都没有。

银色的餐刀切开滴着油脂的牛排,令人垂涎欲滴的粉色肉块仿佛刚刚现切下来;黑桃裹着黏黏的汁液正要从罐头里出来;单片三明治如花田一般盛大地铺了一桌……我们看着这些图片,吃着偷来的热狗面包。就算没东西可吃,我也忍不住想看那些美味的图片。

房间没有暖气。我把台灯塞进被子里,探

身朝被子里窥望,亮光照得人目眩。真里把熨斗放进被子里,被子上烧出了一个熨斗形的洞。我们躺在床上凝视从旧书店里买来的 *McCall's*。那是卧室装饰特辑,粉色碎花床单和大得惊人的双人枕套让人瞠目,紫色壁纸的房间里紫色被单上散放的绿色的枕头又让我们叹息。

那是我们绝对够不着,也不可能够着的世界。

时间如梦般流淌,市面上开始出现比 *McCall's* 更美的日本杂志。

那已经不是梦,是稍微努力也许就能吃到的早餐:原木餐桌上摆着牛奶咖啡、可颂和满天星,清晨的阳光透过来,白色的亚麻餐垫上放着银汤匙。女人的乐趣就是布置美丽的装饰,精心挑选餐具。我喜欢这样的杂志,看着看着又对那些美得过头的图片感到困惑,美得再过头些,我就羞得无地自容了。我不好意思在原木

餐桌上铺抽纱桌旗,也凑不出粉色碎花的床单和枕套。遇见无法抗拒的美丽物件,到手时,我在心里唱起歌。"你——的过去,我不想知道。"①感觉像装成处女骗了个男人。

把东西抱回家后,很小心地摆起来。尽量不起眼,要随意,绝不能弄得像杂志照片一样。*McCall's* 是个遥远的梦,如果是梦就不会觉得不好意思。现在看到的日本杂志照片已经超越了当时的 *McCall's*,美得多,也奢侈得多,却让我不安。

去了一趟很久没有去过的真里家,原木餐桌上铺着苔绿色餐垫,漂亮的玻璃烛台燃出盛大的烛火,真里用葡萄酒炖鸡招待我。

可是,真里果然还是有点儿不好意思,底气不足。我想起当年和真里一边看着 *McCall's* 里的牛排照片,一边吃热狗面包的事,不由觉得罪

---

① 菅原洋一的歌《我不想知道》。

恶深重。正因如此，我们至今仍能从彼此眼中看到我俩一人攥着一个热狗面包，手拉手悄悄走过暗黑走廊时结下的友情。

妹妹

父亲去世时,大妹妹十二岁。父亲卧床不起的日子里我不在他身边。我知道他肯定已经治不好了,怀着"不会是今天吧,不是今天吧"的忐忑去上预备班。妹妹躺在瘦成皮包骨的父亲身旁,看看书,唱唱歌。母亲总说,妹妹对病重的父亲照顾得很多。我喜欢父亲,但也怕他。与我相比,妹妹对父亲的感情更明亮,也更率真。

妹妹有个冲绳的笔友。是小学几年级的课本呢,封面上印着安田祥子、古贺达子。她给人家写信,把批量印刷的回复明信片当成宝贝。我们都取笑她,说她名字里的ミ是从追星族(ミーハー)来的。我们一取笑她,她就翻白眼,眼里涌满泪水怒冲冲地瞪着我们。她还交了一个男笔友,是通过同一本杂志联系上的。

父母考虑过把四个孩子里的大妹妹放到亲戚家寄养,虽然只是这么一说,我还是觉得她很可怜。

父亲去世约一周后,我看见了妹妹刚写好的信。收信人是冲绳的笔友。

"我们得说再见了。"信里这样写。

"我父亲死了。"为什么父亲死了就要和笔友说再见呢,我不太明白。总觉得有点感伤过度了,不过又很有说服力,因为妹妹的文采可圈可点。

"钢琴得卖了。钢琴下的波斯地毯也得卖了。"我大为震惊。别说钢琴了,波斯地毯是什么东西,我们连见都没有见过。妹妹真是文思泉涌。信里的妹妹原来是个有钱人家的大小姐,住着铺草坪的大房子,花园里还有条白色的小狗。现在大房子得卖掉,不知道要搬到哪个乡下的小屋去了。

妹妹在饭后都要吃泡芙和烤苹果。如今家里穷了,烤苹果也吃不上了。

妹妹真行啊！妹妹确实在愉快地、陶醉地享受着自己的不幸。

信里的妹妹活得生机勃勃,让我很感动。

信中有种蛮横的强韧。看似可怜,但妹妹今后肯定能活得好好的。

那时,我感受到了自己对妹妹的强烈的爱意。

咖啡馆

我判断一个朋友是否正派,就看他进不进咖啡馆。所以,直到大二,我都没有去喝过咖啡。而且,大部分咖啡馆都是音乐咖啡馆,其中一大半又是古典音乐。

在那些名叫"田园"或"漫游"的咖啡馆里,大家闭着眼睛,晃着脑袋,表情深刻地听着《命运》或《新世界》。名曲咖啡馆里大多光线昏暗,摆着软塌塌的天鹅绒沙发,某处必然亮着紫色的照明灯。我不懂音乐,而且感觉昏暗空间里的某处亮着紫光有种幽隐感,那些闭着眼睛、表情深刻的男人们又俨然一副让人难以接近的知识分子的样子,比如这些人绝对不会毫无征兆地对同来的女孩笑一笑。所以远远望过去,这里全是怀抱悲剧性难题的恋人。

现在想来,并不是二十岁上下的男女全都怀抱着悲剧性的大难题,那也许只是一种天真的姿态罢了。当时的我却觉得,只有他们是值得存在的重要人物。或者说,那时候人一旦陷入爱情,可能瞬间就变深刻了。

我和一个不是男友的男性朋友去过那种地方,浑身不自在,既为自己不是他的恋人感到抱歉,又觉得低人一等,怀疑自己可能根本成不了谁的恋人。男性朋友一落座,瞬间就陷入了精神上的苦恼,看见他一筹莫展的样子,我忍不住开始瞎想:他是不是哪里不顺心啊,是不是对什么深闺大小姐产生了高尚的情思啊。

我对名曲咖啡馆横竖都喜欢不起来。咖啡好不好喝,也喝不出来。

这时流行起现代爵士乐。原先在名曲咖啡馆晃脑袋的那帮人又去爵士咖啡馆闭眼睛了。

爵士咖啡馆没有那么昏暗,墙上挂着巨幅的黑人演奏家的照片。店里充斥着快要爆炸的声音,感觉从胃到肠都在翻滚。跟身旁的人说话都听不清楚,等从里面出来,嗓子哑了,耳朵里面也疼。

在这里闭着眼睛晃脑袋的人跟在名曲咖啡馆里闭着眼睛,双手抱臂的人似乎哪里不一样。明明表情都很严肃,但是不一样。如果说让名曲咖啡馆里的人一筹莫展的是精神上的苦恼,那么让爵士咖啡馆里摇晃着身体的这些人一筹莫展的,好像是肉体上的苦恼。

要问哪种更像色鬼,那还要属怀抱着精神苦恼的那帮人。

如今的咖啡馆大都变得明亮、开放,已经没有那种进去后鼓着劲儿在音乐中陶醉的人了。不费劲就能找到那些放音乐也不会影响聊天的地方。店里如果有年轻情侣在,他们也是穿着一模一样的白T恤搭配牛仔裤,开朗明媚。说不定这些年轻情侣刚从垂着白色窗帘的小房间里出来,却没有一点儿色情感。名曲咖啡馆里的知识分子的男学生们可能连女孩的手都没有握过,身上的色鬼味儿却强烈好几倍,为什么呢?

咖啡

名曲咖啡馆的贝多芬也好,爵士咖啡馆的现代爵士四重奏也好,我都不喜欢。不喜欢音乐的我也不喜欢咖啡馆。况且,我也不懂咖啡。装得很懂的朋友说,喝黑咖啡才是内行,于是我不加奶也不加糖。我喝不出个好坏,所以喝黑咖啡也无所谓。

在没有速溶咖啡的时代,咖啡是高级饮品,咖啡馆里七十日元一杯的咖啡应该很贵了。装作精通咖啡和音乐的朋友其实并不喜欢音乐和咖啡,要对他们说出这种话很需要勇气。他们会觉得我是个乡巴佬,太老土,但是比起这个,我更担心被同伴排挤。

我可能就是因为担心被同伴排挤才去咖啡馆的。去了咖啡馆，喝着黑咖啡，两耳不闻任何音乐，纯聊天。直到现在我仍觉得，跟我聊天的人待在咖啡馆里，他们真的像自己高谈阔论的那样那么喜欢音乐吗？

我时不时去一个朋友家玩，一去她就说："我哥哥现在啊，迷上咖啡啦，让他给我们做两杯。"我打心眼里觉得为难。她哥哥在东大读研究生，是真材实料的才子。这样一位哥哥恭恭敬敬地端来咖啡杯，说："这是乞力马扎罗咖啡。""啊，真好喝，味道果然完全不一样呀。"我顺嘴就溜出了这种话，不禁为自己的不诚实生起气来。刚说完那句，人家一说，那下次试试蓝山咖啡吧，我立马又接上一句："啊，太好了！"

"哥哥，今天有点苦啊。""欸，是不是磨得太细了？"我看见这种兄妹情深的景象，甚至会想，这是什么兄妹啊。边想，却还边说："哎呀，太好喝了，特别有咖啡味，我喜欢。"就这样喝着不加奶也不加糖的咖啡。然后,无论过了多久,我依然不懂咖啡。

后来去另一个朋友家。偌大的老房子里,有一间昏暗的画室。画室里,一个白发的四旬男人正在拉大提琴。大画布上是弗拉·安吉利科的《受胎告知》,临摹了一半。一切都协调得不可言喻,不可思议。

"你父亲是个名画家吗?"我震惊地问他。"画画?爱好。""那是音乐家?""那也是爱好。我老爹生下来就没工作过,全靠爱好活着。"他像憎恨父亲似的,笑了笑。

到了起居室,他母亲正在用织布机织围巾。那里放着紫线和蓝线织成的美丽织物。"哟,这爱好真不错啊。""这可不是爱好,是为了生计。"朋友立即说。阿姨第一次见我,盯着我看,没有一丝笑容,问:"你俩,想吃点什么吗?""你吃吗?"朋友问。"吃。"我说。

阿姨端来三四个饭团,说:"吃吧。"我一咬,里面加了奶酪。我生平第一次见识到绝无仅有的奶酪饭团。

"老妈,太过分了吧,怎么能加奶酪呢!""哦,不好吃吗,不好吃吧。"然而,我觉得朋友很爱这样的妈妈。我也喜欢往饭团里加奶酪的人。我们笑了,朋友的父亲立即从画室里出来了,说:"喝杯咖啡?"白发大叔花了很长时间才做好咖啡,然后倒进古香古色的咖啡杯里。他问我:"加多少糖?""什么都不加。""哎呀,高兴,碰上个咖啡通,这咖啡做值了。"白发大叔说的时候,我心想真好。

我喜欢一生不工作靠爱好画画、靠爱好拉大提琴的白发大叔,喜欢往饭团里加奶酪为了生计织围巾的阿姨。大叔为做奶酪饭团的妻子、儿子以及他的女性朋友做的咖啡仿佛与弗拉·安吉利科和巴赫连在了一起。我觉得那杯咖啡很好喝。喝不出好坏的我从不后悔对相信我的谎话的大叔说了谎。

澡堂

在小姨家寄宿时,家里虽然能洗澡,我们大多还是去澡堂洗。小姨光着身子,在澡堂里和光着身子的邻居聊个没完,在自家的玄关前却恭敬得过分,三指按在毛巾上行礼,头抬起低下,抬起低下,同样的动作来回重复。还有,去冲背时,小姨给人冲完背,那人又跟回礼似的给小姨冲背,我看到这种景象总觉得荒唐。

我在澡堂见识过各种裸体,再看见某个人穿戴整齐,在小姨家坐下时还要整理一番裙子下摆,感觉真奇怪。我觉得澡堂里一个十分不合理的地方就是对水龙头的占有权。一旦谁占了一个水龙头,就把自己的脸盆和毛巾放在下面。就算她去泡澡了，别人也不能用这个水龙头。要是谁没注意挪开脸盆开始用了，就像犯了擅闯私宅罪一样，铁定得承受主人凶狠的目光，以及被人理直气壮地推开的命运。静冈的澡堂也好，牛込柳町的澡堂也好，全都如此。这是等同于法律的规则。一旦占有，便享有永久权。

上小学四年级的表弟一般跟着姨夫去男澡堂；姨夫不在家时，他跟着我们去女澡堂；全家都去时，他就光着身子从柜台一侧的小门钻进钻出。

一次，表弟说："女的真奇怪，都喜欢占水龙头。"

我们一直以为男的那边也一样。

"那男的那边呢？"我们问他。

"男的，人不在，把那人的桶踢开啊。"

"桶被踢开的那个人怎么办呢？"

"拿着桶，转悠几圈，再找个地儿把别人的桶踢开啊。"

"啊——?"我们大吃一惊。

"啊——?"姨夫也大吃一惊。

女人在澡堂里自然而然地形成了全日本通用的女人独有的方式,男人形成了男人独有的方式。我一直认为这很不合理,或许是因为男人的逻辑在我身上的某个地方起了作用吧。表弟注意到这一点,我特别欣慰,又觉得很可笑。因为只有他能在两个世界间自由进出。

有趣的是,澡堂里的女人逻辑在女人的世界里是通用的。女人一结婚,就一屁股坐下守着,不允许任何东西来侵犯。这种气魄和澡堂里的表现多么相像。

我已经很久没有去过澡堂了。在我眼里始终很荒唐的相互冲背的行为,我也想试试了。我想起,三根指头按在毛巾上跟人啰唆个没完,也不错吧。至于水龙头占有权的抢夺,如今的我应该也能更从容地从方形大澡池里探出头观看了。

鬼

我在牛込的小姨家借住过一段时间。这里保存着许多大正时期的长屋,弯弯曲曲的窄巷里排列着不用玻璃的纸格子门。大正时期的电影有时在这里取景,还很年轻的根上淳①身披大衣,踩着木屐在长屋前驻足。

打小就一直住在这里的小姨说起话来噼里啪啦,有浓郁的下町风,成为工薪族的太太以后,她也修炼出了工薪族太太的派头,习惯把古旧的房子擦得干干净净。"这房子闹鬼哟。这附

---

① 1923—2005,日本知名演员,曾出演《金色夜叉》《母三人》《细雪》等影片。

近过去全是寺院,所以超度不了的亡灵都特别喜欢来扎堆儿。"小姨往烟管里塞着烟丝,窃窃笑笑。我一准备去上厕所,她就说:"出来啦。"厕所在黑暗的沿廊尽头,从厕所的窗户望出去,外面排列着密密麻麻的卒塔婆①,将墓地和小姨家划分开来。"哪有什么鬼!"年轻的我并不相信有鬼。可是,从厕所出来时,上小学的表弟一吓我,我就瘫倒在地,连喊都喊不出声来。

往二楼去的楼梯漆黑一团,鬼倒也没什么好怕的,可我还是有点儿心里发毛。一天,我好像看到两只男人的光脚正走在我前面的楼梯上。怎么回事,我悄悄地回到起居室,特别冷静地对小姨说:"小姨,两只白色的脚正在上二楼。"

小姨眼中浮出恐惧,说:"哎呀,你看吧,这家里有鬼,今晚你睡楼下吧。"姨夫去了南冰洋,不

---

① 为死者祈冥福而立在墓地上的塔形细长木牌,牌上书有经文或题字。

在家,小姨也害怕了。

楼下那个八叠榻榻米的房间,只要我在壁橱前铺好被褥睡觉,一定会被鬼压床,一个金光闪闪的巨大佛坛总会朝我倒过来。之前我并没有多想,也没有对小姨提过。这次我说:"我不想睡楼下,在那边睡总有佛坛压过来。"小姨听了立即说:"哎呀坏了,我也是啊!你看吧,这房子闹鬼!"她说,这一带过去全是寺院,这些房子都建在墓地上,隔壁的隔壁家,不管谁搬来,家里必定死人,然后就搬走了。小姨讲了一大堆例子,但是我还是不相信有鬼。

接着,隔壁的隔壁家,那个妈妈带着刚出生不久的婴儿在平安夜开煤气自杀了。小姨说,她急忙赶过去,把尚有体温的婴儿抱了出来,想着孩子能救过来也行啊,她抱着孩子边走边哭,可是孩子的身体还是慢慢变凉了。比起母子自杀的前后经过,她更强调那个房子就是凶宅的事。

附近住着一个卖烟草的大婶儿。一次,烟草店的大婶儿咋咋呼呼、粗野泼辣地在电影院里大声喊了一声:"好想坐下来呀——"她家孩子都埋怨她,说不想再和她一起去看电影了。

一个夏天的傍晚,这个大婶儿来了,刚进门,就发出可怕的"啊啊"声,身体哆哆嗦嗦抖个不停。

大婶儿刚才从隔壁的隔壁家经过,看见那家的太太抱着小宝宝站在那里,于是就打了声招呼:"哟,太太好。"等从那里走过,走到我们门前时忽然想起来,那人去年平安夜已经死了啊。

小姨在那家死了两次人之后,搬到了大阪。隔壁邻居想要一块和自家相连的土地,房子就卖给他们了。没过多久,隔壁邻居家正值壮年的大叔猝死了。

或许那里真的是个阴森的地方吧。可是那条已经没有了小姨家的窄巷,我很怀念它。

手指

上学时,我觉得自己穷得一塌糊涂。朋友穿着在裁缝那里定做的短裙,十分合身,每天都穿着同一条劳动布短裙的我看着她的屁股觉得自己很穷。

吃便当时,朋友看看带骨的鸡腿肉,皱起眉头不吃,说:"我不喜欢吃鸡肉。"她每天吃的都是什么好东西啊,不会把那块鸡肉扔了吧。这么想的时候,我觉得自己很穷。

但是,想到母亲拉扯着四个丧父的孩子,趴在出租屋的被窝里把拼命省下的钱寄给我,我又惶恐了起来,这是多奢侈的待遇啊。在一个女孩复读考大学都很罕见的时代,我的确享受了与自身条件不相称的奢侈。

我打过工,在印刷厂写过挂历上的收信人姓名。从早到晚都在写人名,但我觉得写字这事好歹算是有知识含量的工作。在挂历上写名字这种活儿,只在年末才有。

暑假去职业介绍所找工作,人家说不招学生兼职。我说,干什么都行。对方说,那你去装订厂吧。铺着地板的大车间里有五六个小伙子。他们在装订讲谈社的美术全集。我的工作是往一种叫冷纱的细长白布上涂胶。

从八点开始工作到十点,然后有十五分钟的休息时间,休息时大家横七竖八地躺到二楼的榻榻米上。一躺下来,小姑娘们就开始全神贯注地看《明星》《平凡》之类的杂志。她们很年轻,比我小很多,像是初中毕业没多久。

我对《明星》《平凡》这类杂志完全不感兴趣。我那时多自大啊。

我隐隐能感觉到她们对我的反感。

给冷纱涂好胶后,就要把印刷好的文本按页码排列好。纸很沉,我们像蚂蚁似的在同一个地方无尽地来来回回。我平常不做体力活,感觉格外吃力。对那些小姑娘来说,就算她们比我年轻很多,就算每天都做这种工作,肯定也是很辛苦的。

三点时有十五分钟的休息时间,大家都瘫倒在榻榻米上。

刚开始时,我自负地觉得,她们在《明星》和《平凡》里的那些明星身上寄托的憧憬以及与明星融为一体的感觉太匪夷所思了。

才过了三天,我已经精疲力竭,十五分钟的休息时间结束了也站不起来。

我明白了《明星》和《平凡》里那些打扮得光彩照人的明星是多么有必要。

对那些累成一摊烂泥的年轻女孩来说,如果没有美空云雀或锦之助对她们微笑,那车间将是个多么杀气凛然的地方啊。

接下来,我的工作是在裁纸机旁把没装封面的书交给裁纸的男人。

五厘米厚的一摞纸,裁纸机咔嚓一声就切齐了。我对那把沉重的裁刀害怕得不得了。

操作裁纸机的是一个二十岁不到的小伙子。

"你真厉害,这个太吓人了。"

他伸手从刀刃下把书拿出来,再把另一本放进去,说:"这玩意儿锋利着呢。"

"切到就麻烦了,太吓人了。"我只顾着害怕。

"切一下手就完了。"

"你被切过吗?"

"没有。不过,之前有个人五根指头全被切掉了。"我听了头皮发麻。

"不过那家伙可赚到了,拿了十五万。十五万哪,指头没了也行啊。"

不管我觉得自己有多穷,都不会产生拿指头换十五万的念头。

"拿十五万干什么呢?"

"使劲儿玩啊,使劲儿玩。"

他说得很起劲,我意识到自己一直是被生活厚待的人,所以从来没有想过要挥霍起来使劲儿玩。

我原本打算整个暑假都在那里打工。结果才过两周,脚抬不动,腰也直不起来了。还能想着脚抬不动,腰直不起来,我其实挺宠着自己的。比我还年轻的女孩子一直一直都在那里工作,我却打了退堂鼓。最重要的还是,我意识到了自己过得其实很奢侈。

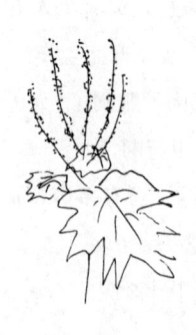

不幸

我的大学在中央线上的吉祥寺,紧临着东京女子大学。

东京女子大学的女生和我们学校的女生,没人会弄混。

班上的男生曾经问我们这些女生:"你们看见东女的女生,会不会感觉低人一等啊?"我们哈哈哈笑完,七嘴八舌地说:"她们都有点儿不正常吧,傻兮兮的。"这么说,主要是因为我们太自负了,也可能因为那些男生喜欢的是东京女子大学的女生。

我们扛着胶合板的全开大画板从学校走到吉祥寺,风大时,人和作业都快飞起来了。在中央线里抱着一摞大画板,也是家常便饭。

一天,我在电车里碰见一个中学同学,她坐在我前面的座位上。我听说她在东京女子大学,跟她也不是特别熟,但是当时感觉很亲切,就挪到了她旁边。

她冷不丁地冒出一句:"你有男朋友吗?"看着她心事重重的样子,我不安了起来,心想我们并不怎么熟,她是不是觉得不该对我袒露心事呢,是不是不能让我知道呢。

"没有。"

她像是对没有男朋友的我不感兴趣似的长叹了一口气。

"我好烦恼啊。他太穷了。"

我想起听说过她父亲是一家大型化妆品公司的社长,但不知道她家到底有多有钱。我又很穷。

"有钱可真烦!"她浑身都在烦恼。我大受震动,像生来第一次领略了一种不可思议的事——

样,看着她。

我压根没有想过,有钱人竟然会为有钱而苦恼。因为我一直很穷。

"你能明白我的苦恼吗?"

"这个,我很穷啊。"

她苦恼地叹了更长的一口气,说:"我真羡慕你。"

要不是她叹了一口那么深刻的气,我说不定都大声笑出来了。我觉得让她苦恼的富有很可笑,紧贴在我身上的贫穷也很可笑。

她大概正身处超乎我想象的戏剧性的悲壮旋涡中,我觉得自己恐怕都没有资格去理解和分担她的烦恼,即她不得不当个有钱人的烦恼。

而且,那个穷小子的穷,充其量也就是我这种穷吧。或者,他即使比我有钱好几倍,也还是配不上她家吧。

到了新宿,我们分开了。后来我再也没见过她。

不过,我还是会时不时想起这件事。有时特别来气。开什么玩笑,真爱他的话,不要钱不就行了!去你羡慕的贫穷里过吧。既然有钱那么不幸,这样不就一下子变幸福了嘛!

有时,相爱的两个人因为各种原因不得不分开,那得多痛苦啊,我不懂的不幸,我不会想努力去共情,我没那种自信。

可是,我从不觉得贫穷对我来说是一种不幸。

它像一个与我时而争吵时而亲密的好朋友。

不过,它也不值得羡慕。

吉特巴

刚上大学那会儿流行舞会。主办人借个会场,然后卖入场券。

都是学生办的,也有舞会达人似的朋友参与其中。舞会券一般五百日元,跳吉特巴、布鲁斯或探戈。

我没有去过舞会。我既没有邀请我去舞会的男朋友,也没有跳舞穿的衣服。

最重要的是,我不会跳舞。

大学二年级时,我第一次去了所谓的舞会。班上的男生女生一起去的,所以我也想去了。其实还是因为我想去。万一发生点儿浪漫的事呢。

我在寄宿的地方有个朋友,她把从上到下的全套装备借给了我。那是一条绿色的裙子,一面散落着粉色的小花,十分飘逸。里面是硬邦邦的三段式衬裙,腰部以下通风太好了,总有种无依无靠的感觉。等穿上缀着无数蕾丝的白色灯笼袖衬衣后,我简直不像我了,摇身一变成了公主。

朋友细致地把我的头发梳起来扎成马尾,又用深蓝色的宽缎带打上一个蝴蝶结。

她远看看,近瞧瞧,说:"加油!"还把手包也借给了我。舞会在某个大学讲堂,里面尘土飞扬,白晃晃的,因为天花板很高,所以有和澡堂一样的回响。

到处都是陌生面孔,大家混杂在一起,让我有些兴奋和不安。我走到班上同学扎堆的地方。

同班的男同学穿着松松垮垮的裤子和厚底靴。他们东张西望,只是瞅了一眼全副武装的我,就蓄势准备对好看的陌生女生发起进攻了。

开始跳吉特巴了。我往一旁的同班男生身边凑了凑。那个男生很失望似的拉起了我的手。我生平第一次离男人这么近,就算听见他说:"身体放松,跟着我跳就行",也搞不懂怎样才能让身体放松,而且我知道他并不情愿跟我跳,于是更畏怯了。

我的脚不听使唤,僵得跟方便筷子似的,突然有些头昏脑涨。

眼前不就是昨天在学校说"跳舞这种事用不着练习,实地跳一次就会了"的那个人吗?

这个人不想跟我一起跳舞。不是因为我不会跳舞,而是不想和这样的我跳舞,他要找的是更漂亮的女孩。一想到这里,我就忘了手脚僵硬这回事,才刚刚开始第一首曲子,却觉得已经过去了好几个小时。看见别的女孩一圈圈地旋转,裙子飞起来,真不知道自己有多狼狈。

"你再离远点儿。"那个男生说。我靠得太近了,弄得他几乎没法儿动了。

"啊,对不起。"我松开了手。这一松开,就再也拉不起来了。

我感觉既丢人又生气。生什么气呢,当时也没有工夫想。

我扔下他,回到墙边。

音乐仍在继续。

男生站在原地,东张西望,寻找下一个舞伴。

我不想再跳了。

于是独自乘电车回家。

电车里分外明亮,我穿着借来的漂亮洋装,站在车门一侧,一直盯着窗外。电车里的人最好不要注意到我是从舞会上回来的。

帽子

刚刚工作的那年冬天,我用一块红得不能再红的布做了一件大衣。那是一件细长的大衣,布还剩下不少。一个会做假花和帽子朋友说,她要给我做一顶搭配大衣的帽子。后来,她把帽子带来了,白色的圆盒里放着一顶尖尖的、灯笼果外皮似的红帽子。

穿上红大衣,戴上红帽子,就像绘本里的美国消防员一样,我铆足劲,想戴着帽子上哪儿走走。

大学同年级的一个女生说,石原慎太郎在日剧音乐厅演裸体剧,杉浦康平负责美术和灯光,叫我一起去看。这个朋友也是刚出社会,想逗逗能吧。

好奇心旺盛的我于是想去传说中的日剧音乐厅看看。

"不过,会不会太色情了?"

"怎么会,平常得很。人家外国人还夫妻俩一起去呢,你好好打扮打扮啊。"

哦,好好打扮打扮。我想,那穿着红大衣,戴着红帽子去吧。不过,多少还是有点儿去干坏事的感觉。音乐厅在日本剧场的楼上,得乘电梯上去。

电梯里全是要去音乐厅的人,而且全是男人。

每个人都表情严肃,嘴巴紧闭,仿佛接下来要去出席一场艰难的会议。

还是一个小姑娘的我穿着鲜红的大衣,戴着那顶尖尖的、灯笼果外皮似的红帽子,感觉自己太奇异了。这些男人恐怕会以为我是那种不正经的女孩吧。可是我是想看杉浦康平的灯光和美术啊,得知道设计师是怎么一回事才行啊。我在心里拼命说服自己。看看朋友的脸,她也很严肃,像是要去出席重要会议。

进了剧场,鲜红鲜红的我还是扎眼得不行。我坐下来,盼着灯光赶紧暗下来,然而剧场一直暗不下来。其他人恐怕都能看见我的红帽子吧,而且实际上只有我们是两个年轻女孩结伴一起来的。

朋友所说的外国夫妻,只有一两对。连外国女人都没有像我一样打扮得鲜红鲜红的。

我想,至少把帽子摘了吧。可是摘了的话,总感觉太没出息了,于是帽子也没摘下来。

剧场终于暗下来了,我松了一口气。杉浦康平的照明特别美,条纹灯光打在裸体女人的周围,没有任何赤裸裸的感觉。设计师的灯光居然能形成这种效果啊;比起裸体女人身上的美,设计师更想呈现的是他在灯光设计中的各种图像式构想;仅就灯光来说,就是要怎么夺人眼球怎么来吧……我深受打动。

剧场里鸦雀无声,每个人都端端正正地欣赏着舞台。

这时,我身旁的大叔开始打瞌睡了。我太惊讶了,居然有人看裸女都能打瞌睡。

很快,睡着的呼吸变成了鼾声,越打越响。鸦雀无声的昏暗剧场里,时不时"呼噜"响起一阵鼾声。大家窃声笑着,齐刷刷朝呼噜声传出的方向看过来。

身旁的大叔滑进了椅子里,头也深深垂下去了,谁都看不见他,只能看见一旁戴着鲜红鲜红的帽子的我。

我的红帽子,比他的鼾声还丢人。

后记

哪有什么大人和小孩之分

太不甘心了,死了算了,我心想。可是,要是这种心情没能跟谁说一说,死了都不瞑目。我要在死前一吐为快,于是左右物色听众,还捂着被子不出声地练习那些不吐不快的内容。听的人不同,结构什么的也要变一变。或者,要是有特别好玩的事,我就还想跟谁一起再大笑一次,这种情况就不考虑什么结构了。好,出门去,结果发现他们要不忙着工作,要不正一家人其乐融融,我的话就无处可去了。没办法,只好带着无处可去的悲喜回家,捏来揉去,同时工作。

要是有人能陪我聊天聊到天荒地老,我就不工作了吧。

交稿的时候,我很羞愧,想着把画稿反过来递出去,可是不行。背面也画了失败的画。有时,画纸上还留着猫爪。画失败了也好,印上猫爪也好,我都不舍得把纸扔掉。用剩的边角料,全都高高兴兴地收好。要是有人请我画三张两厘米见方的插画,不管画什么,我都会高兴得颤抖,因为攒的边角料要派上用场了。可即便我画出来满意的画,我还是觉得可惜,因为弄脏了雪白的纸。

在广告页的背面打草稿,心里就觉得安稳。在我眼里,再精美的书都不及白花花的装订样本昂贵。要弄脏样本时,我顿时来了股刁蛮无赖的嚣张劲儿,四下张望,鬼鬼祟祟地开始作画。

*

我要把家里那些成堆的漫画扔掉。满眼冒光看漫画的儿子太不像话了,我决心让他接受些更高级的熏陶。在夺走儿子的漫画准备扔掉之前,我心想,我也看看吧。结果看得忘儿又忘我。"没第六卷了吗?"这一问,儿子充满期待地凑过来,说:"还没买呢。"

这漫画,别说儿子了,连我都被吸引成这样子了。我得再看一遍,免得有疏漏的地方,于是边边角角都不放过,仔细研究。研究成果让我受益匪浅。学到了什么呢,太宝贵了,不可泄露。不过,还是必须让儿子接受些更高级的熏陶。

还是得面子好看,不是吗。

*

只有小妾的猫,才会被宠爱。从小我家就有猫,可是家人走路碰上猫,只会一脚踢飞它;

我们兄弟姐妹间打架了,他们拿猫当工具,把讨厌猫的我逼入绝境。猫的本职工作明明是逮老鼠、吃剩饭啊。不过,我绝对不会欺负猫。因为我相信对猫不好会遭报应,到现在都相信。如今我家有两只猫,我会对狗说"看你那傻样丑样",对猫则是"真乖啊",即使猫不在,都不说它坏话。

丈夫给猫剪胡子,或者在猫爪下面粘胶带,我总是害怕,哆嗦,来气。猫一"喵",我就缩成一团,发出猫咪撒娇似的声音,渴望正确理解那声"喵"的意味。

我画猫,是为了不惹猫不高兴。

*

去寿司店吃寿司,总有种负罪感,罪恶感和金枪鱼中鱼腩寿司、鲍鱼寿司、海胆寿司等等融在一起,落入胃中。赤红的高粱粥、麸皮团子、只放了红薯的杂烩粥……我本来不是应该吃这些东西吗？吃寿司这么美味的食物太不应该了吧。小学四年级时，第一次吃到炸猪排的震撼和那家店木桌上的纹理，至今难忘。

把炸猪排的油炸外壳剩下不吃、明明还剩两块却说"吃好了"的儿子，等他长大了，得仔细研究研究我俩的舌头成分——我们的舌头在智力、感性、运动神经等诸多方面到底是如何起作用的？一想到连一次白米饭都没吃过就死掉的五岁弟弟，就觉得他太可怜了。这种时候，我确实会憎恨那些把巧克力都扔掉的孩子。

我一直是一边憎恨孩子一边工作的吧。

*

和美喜欢我儿子，我儿子喜欢和花，和花是个万人迷，她谁都不喜欢。他们都才五岁。

一天，和美对我说："我喜欢小弦，但他好像不喜欢我。不过，没关系的。"我什么都没说，却好想摇摇和美的肩，陪她一起走过女人的漫漫人生路啊。哪有什么大人和小孩之分！五岁的爱恋都自有去处了。

还有一天，我要下公交车，正准备按停车按钮，一只小手滑到我的手前面，按亮了红灯。我一下火了，凑到小女孩的耳边，说："明明我想按的。"那女孩都要哭了。哪有什么大人和小孩之分！明明我想按的。

我一直觉得，为和美以及在公交车里小小受伤的女孩画绘本就好。

哪有什么大人和小孩之分！

*

"喂，洋子，人美心也美，我觉得说什么人丑心美，那都是骗人的。"

我失去了几十年来鼓励我活到现在的支点，翻着大白眼，怒冲冲地瞪着这个看上去很幸福的男人。

"如果洋子也是个美人，就不会干这种工作

了啊!"幸福的男人说完走了。

我心想"没错",然后继续工作。

*

得考虑去养老院以后的事了。

现在还不能享受老年的快乐,所以好多好多事,我都忍着。我认为,十八、二十岁的小年轻唱不了民谣。我想老了弹着吉他,唱尽辛酸苦辣,所以现在得克制,不能弹吉他。一草一犬,地球上的万物生灵都惹人怜爱,对地球恋恋不舍的老太婆才符合我的形象,所以科幻小说什么的,都别写了。开上红跑车,提着用绉绸包袱皮裹起来的多层漆盒去赏春日烂漫的樱花也是一桩老年乐事,所以先不买红色跑车。男朋友也是,进养老院时是刚需,现在不找了。

太健康的老太婆招人恨,到时多少得有点儿病,所以现在得注意着,千万不能生病。

文库版后记

啊——啊——,怎么办哪

土器屋先生把我九年前的书出版成了文库本,土器屋先生真是个好人啊。

他说想让我写篇后记。所以,我又重新读了这些文章,结果没被一件事打动,只觉得害臊、恶心。这应该就是自体中毒。土器屋先生竟然要出这种文库本,真是个怪人。

换作现在,我绝对不写这些事。就算写,也是用更不一样的方式写。这就是成长吧。就是上年纪了吧。谁说过来着,散文全是自卖自夸。

这本书也是，一旦用令人不快的自卖自夸写出来，就对自己的人格造成了深深的伤害。

隔了很久看学生时代那些堆积如山的速写，有些画得不堪入目又惊天动地。但是，不堪入目的画里有一种只有年轻时才能画出来的粗糙感，那是我已经丢失的东西。把无知全盘托出，我为不堪又贫穷的青春感到羞耻，同时又有一点儿怀念。写文章跟画画很像。我在写作上是外行，又什么都没学过，这本书里的所有文章都是刚开始写作时写的，没办法啊，就算不好，也把很多我已经忘记的事记录了下来，就算粗糙，也跟不堪入目的速写是一样的，所以，所以，所以……

那就忘了吧。

还有更重要的事呢。

烘干机出问题了，片刻不停地狂转三个小时，衣服还是湿答答的，烘干机自己烫得像着了火。

"呃,我的烘干机有问题。呃,是在您家买的。呃,买来的时候就不对劲。昨天拜托过您来安装一个爱妻号 DL-47 的自动传感器。""我们这边正在联系供货商呢。""呃,昨天您就说在联系供货商。""啊,负责这件事的人不在。""可是,前天我就发过传真了,麻烦你能不能马上问问供货商?""啊,我不太……""可是,我家里真的很麻烦,你看,天天下雨,不是吗。""可是,我们这边正联系供货商呢。""你确认一下,要是没有的话,我就得想别的办法了。我家里真的很麻烦。""但是,我不是负责人,也不清楚啊。"你这个人,我可什么都知道,什么负责人,说得跟个大公司似的,其实不就是你和老公两人开的夫妻店吗!

絮絮叨叨,本来还在反复恳求对方的我挂断了电话,把屋子里还没干透的衣服挨个闻一遍。受不了,都臭了,啊——啊——抹布全都没干透,受不了,这样的话,日子都过不下去了。

烦死了。大夏天的,只好吭哧吭哧烧炉子!

跟我同居的人头上热气腾腾,气得不行。"我都脱到没衣服可脱了!"确实啊。他肯定会离家出走的。喂,土器屋先生,怎么办哪。

图书在版编目(CIP)数据

软绵绵的心再也回不去了 /(日)佐野洋子著;王之光译. — 北京:北京联合出版公司,2025.8.
ISBN 978-7-5596-8234-5

Ⅰ. I313.65

中国国家版本馆 CIP 数据核字第 2025G8G526 号

ACACIA·KARATACHI·MUGIBATAKE by Yoko Sano
Copyright © JIROCHO, Inc.
All rights reserved.
Original Japanese edition published by Chikumashobo Ltd.
Simplified Chinese translation copyright © 2025 by Neo-cogito Culture Exchange Beijing Ltd
This Simplified Chinese edition published by arrangement with Chikumashobo Ltd., Tokyo, through
BARDON CHINESE CREATIVE AGENCY LIMITED

北京市版权局著作权合同登记　图字:01-2025-1462

软绵绵的心再也回不去了

作　　者:[日]佐野洋子
译　　者:王之光
出 品 人:赵红仕
出版统筹:杨全强　杨芳州
责任编辑:龚　将
策划编辑:玛　婴
装帧设计:金　泉

北京联合出版公司出版
(北京市西城区德外大街83号楼9层　100088)
北京联合天畅文化传播公司发行
北京启航东方印刷有限公司印刷　新华书店经销
字数48千字　889毫米×1194毫米　1/32　6.25印张　插页2
2025年8月第1版　2025年8月第1次印刷
ISBN 978-7-5596-8234-5
定价:48.00元

版权所有,侵权必究
未经书面许可,不得以任何方式转载、复制、翻印本书部分或全部内容。
本书若有质量问题,请与本公司图书销售中心联系调换。电话:010-64258472-800